U0123236

NK INK INK INK INK INK IN
INK INK INK INK INK INK
NK INK INK INK INK INK IN
INK INK INK INK INK INK
NK INK INK INK INK INK IN
INK INK INK INK INK INK
NK INK INK INK INK INK IN
INK INK INK INK INK INK
NK INK INK INK INK INK IN
INK INK INK INK INK INK
NK INK INK INK INK INK IN
INK INK INK INK INK INK
NK INK INK INK INK INK IN
INK INK INK INK INK INK
NK INK INK INK INK INK IN
INK INK INK INK INK INK
NK INK INK INK INK INK IN
INK INK INK INK INK INK
NK INK INK INK INK INK IN
INK INK INK INK INK INK
NK INK INK INK INK INK IN
INK INK INK INK INK INK
NK INK INK INK INK INK IN
INK INK INK INK INK INK

K INK INK INK INK INK INK
INK INK INK INK INK INK IN
K INK INK INK INK INK INK
INK INK INK INK INK INK IN
K INK INK INK INK INK INK
INK INK INK INK INK INK IN
K INK INK INK INK INK INK
INK INK INK INK INK INK IN
K INK INK INK INK INK INK
INK INK INK INK INK INK IN
K INK INK INK INK INK INK
INK INK INK INK INK INK IN
K INK INK INK INK INK INK
INK INK INK INK INK INK IN
K INK INK INK INK INK INK
INK INK INK INK INK INK IN
K INK INK INK INK INK INK
INK INK INK INK INK INK IN
K INK INK INK INK INK INK
INK INK INK INK INK INK IN
K INK INK INK INK INK INK
INK INK INK INK INK INK IN
K INK INK INK INK INK INK
INK INK INK INK INK INK IN

INK

文學叢書

179

殘念

顏忠賢◎著

目錄

假面

楔子

那博物館裡古燒瓶中所有的腐朽中的陰莖，像被豢養了的有鱗目的動物，正窺探不小心侵入的我們到底在想什麼？

在接近聖馬可廣場的時候，天正破曉，獅柱、河口、對面教堂上金色雕像所站上的天空……從深藍調成淡藍，光好離奇，照在河水上，在這裡，空氣仍有著揮之不去某種稠密、刺鼻、腐敗的惡臭，而且船身有點老舊，但仍是溫暖的，使得光與陰影同時溶解也同時凝滯……我又暈眩了起來。

我兩年前來的時候，威尼斯那麼華麗，炫耀到令人不舒服的那麼華麗……但現在……沒想到天還沒亮就到了，在從火車站來聖馬可廣場的船上好冷好冷……在船外坐了一會就只好躲進去艙內，透過髒髒的玻璃看髒髒的河……好蕭條，船開了好一會兒，水越來越黑，船也越來越緩慢，這時候，就到了廣場了。

廣場天色還早而且很灰，像快形成的風暴的前後，不知道是不是昨晚才下過，雖然天空已沒有雨了，但陰沉地令人不知如何是好，有點打從心裡泛起的寒意，教堂前沒人，只有較靠鐘塔的走廊仍有匆忙的趕路的人經過，很快……走過，而且有個穿大紅衣的戴金面具的女人，她很慢地走過，像幽靈般，好像所有的黑暗、所有的死灰遇到她都會隱形……像在一個夢裡頭，但也像在一部恐怖電影的預告片中不明的神祕。

我因此想起兩年前我和E來威尼斯時，她跟我說的一段她學生時代暑假打工的事。

那是一個在聊齋屋裡扮鬼嚇人的工作，不大的房間和角落裡安排有很多鬼，像殭屍、像吸血鬼、像幽魂娜娜，每人有自己的地方，站在那裡面準備要出動，雖然主要走道只有一條路，但其實裡面有很多密道連接，只有我們這些扮鬼的人知道要怎麼走，雖然很暗很暗，但等客人進門之後，我們就會待命從準備的位置出來嚇人。中途沒有客人的時候，可以找時間聊天，因此形成一種奇怪的說話氣氛，被打擾不會不開心，因爲客人進來被嚇了之後，我們的談話就可以繼續了。雖然談話的內容是沒有時間性的，反而是和空間比較有關。因爲聊天也就是用剩下的時間，但有時沒客人也要等很久，所以常停留在密道很小很低的地方，躲在裡面而要沒有人發現，那是那時候我們最喜歡聊天的地方，可能是殭屍站的地方後面，也可能換到貞子的電視機旁邊的凹槽，幽魂娜娜倒吊的樓梯間也不錯。

「過了好幾年，我常會想起來，那時候那地方在鬼屋裡等著客人很無聊在聊天的狀態。」E說。

「不知道爲什麼，那些更小更微不足道的妖怪旁的場景角落，反而比其他較大較明顯的妖怪主角讓我印象深刻，至今都還老讓我想起那時候在鬼屋打工的心情，大概我一直躲在又黑又小的角落，都很不見天日的瑣碎又囉唆的聊天，竟在這些怪怪的時間和空間裡，比較接近這種更不堪更不起眼的邪惡。」

那時候，我們正坐在聖馬可廣場上。E看到一張假面狂歡節的明信片跟我說起那件事。

陽光出來後，溫度變得比較暖和，過了好一陣子，我又回來了，但兩年後的我還一直坐在聖馬可廣場，人群就來了，越來越多……好像春天……但顯得較緩較暖……大家還是穿著很厚的大衣夾克，但走路慢了下來。

其實，打從一七九七年拿破崙收伏盛極一時的威尼斯共和國至今，預言、宣示和感嘆威尼斯之死，已有兩百年之久。威尼斯曾經是世上最大的海上強權，疆域從阿爾卑斯山延伸到君士坦丁堡，財富舉世無匹，拜占庭、歌德、文藝復興、巴洛克、新古典等多元風格的華麗建築，記錄著千年征戰和戰利品累積而逐漸形成的美學。……十八世紀時，威尼斯沉溺於享樂和揮霍——假面舞會、豪賭、賣淫、墮落。威尼斯挫敗之餘，變成窮鄉僻野，除了在了無生氣和別具風情中式微外，已沒有多大作爲。我們認識的就是這個威尼斯，不是那個洋洋得意、目無餘子的征服者，而是謙卑而傾圮的廢墟……

我看著手上的導遊手冊上這麼寫著，但我對這些歷史與美學的挫敗並沒有興趣，只是在這回來威尼斯談一個廣告公司的案子的旅行裡，留一點時間在這個廣場發呆。

沒想到正遇上假面狂歡節的前夕。

一些典型的穿威尼斯古裝的，不只是面具，而是全身全套的行頭，一個人的，兩個人的，成群的，大家也都不太奇怪……

接著又陸續出現一堆像古裝貴族的名媛與男人，前者身穿低胸緊身上衣和絲襪，後者穿著及膝的裙與很多裝飾的上衣，但兩者都戴著灑了粉的假髮。甚至有些慶祝著嘉年華的人穿戴面具、披肩、長禮服、扣環和各式絲帽。有位默劇表演者的頭、手和頭髮都塗白，而另一位默劇表演者全身漆金色，在聖馬可廣場擺著各種姿勢。不知道爲什麼我看到他們卻一直想起E和她說的那段扮演鬼的往事。

在廣場上，什麼怪裝扮都突出都好看，更奇怪的是，看起來都很相容。拍照，與被拍照的人，穿著奇特古裝的人反而很大方，彷彿在接受人們的致意與讚賞……我也靠過去按了幾張，但反而自己會不好意思，要求拍他們或和他們一起被拍都會不好意思。

幫人化妝的「藝術家」很多，把臉化成種種彩色的怪妝很輕，像個沒底的面具。

聖馬可教堂的金箔和東方裝飾在這裡看久了，也像一種妝。即使它還是很經典很貴很有歷史的……但在廣場上，它更像一個布景，顯示它切題的華麗。

另一群是學生，被老師帶來，大紅大黃大紫很草率但惹眼的衣著，而且是來上課的中學生……他們拿問卷在問路人，穿古怪的衣服卻問不古怪的問題。

有一群韓國的民族舞者，表演是道地的，有些人甚至很老了，但看起來是很專業，在這裡，卻不免像江湖賣藝的。

伴隨腳步的老鑼鼓聲嚇起嚇飛了廣場的鴿群……但牠們只是低飛，很快就回來了。

我坐在露天咖啡座喝 cappuccino，寫筆記，好舒服的陽光。紐約或更多國家城市的嘉年華或遊行和這裡比起來，眞的只是很輕很浮……我看到這些古裝人走得那麼慢那麼自在時更有這種感覺。

韓國古鐘鼓聲很快被另一邊大舞台喇叭的 Phil Collins 的聲音蓋過，還有更多古代扮裝的人都來，戴法國羽毛帽，貴族的，有人還全身白、穿了翅膀，只有扮的人和看的人的差別，只有演的人和不演的人的差別。

假面狂歡節，這大街小巷色彩繽紛的慶祝活動，雖是有數百年歷史的威尼斯節慶，卻是近年才復興起來。拿破崙打敗威尼斯共和國後廢止了嘉年華。當時嘉年華恰好臻於頹廢最盛期，從原來兩星期的慶祝活動，延爲長達六個月的尋歡作樂——派對、跳舞、大規模表演、戴面具匿名大逛威尼斯。後來卻要到一九七〇年代末，嘉年華的復興——開始只在布拉諾（Burano）島的勞動階級盛行，當地小廣場上有些小規模表演和化妝宴會。假面的店於是成爲威尼斯人深惡痛絕的象徵，代表威尼斯向假面般的觀光低了頭，犧牲自己的生活裡活生生但不狂歡的一切。

我想到兩年前在威尼斯時，有一回在迷路找不到回聖馬可廣場的路的時候所看到的那「性博物館」。

我和E在那「性博物館」待了好久。始終覺得那裡有許多的殘念。

從樓梯走上二樓，轉角第一眼看到的就是一面牆上的印度古書。說明牌寫著：「那是七篇，三十六章，六十四節的（印度欲經）的詭異插畫，借用瑜伽的精密技巧而畫出來的印度做愛木簡，上頭畫的粗陋但古怪的數十種姿勢。解說上寫著是爲了傳承避免讓男子太早射精看的，但這種性祕術目前已經失傳。」

另外左側整個房間裡，則是陳列一排木頭的玻璃框展架，從上頭可以看到是幾本攤開的日本江戶時代吉原「遊廓」的湯女浮世古畫本，街娼有吉田町與鮫橋的「夜鷹屋」和原爲在船上賣饅頭的女人變爲賣淫被稱爲「船饅頭」的私娼故事等館。

更誇張的是三樓，整個樓層是複製當年很著名的色情場景，那是十九世紀巴黎爲性變態和老人所設計的，一種稱爲「鏡間」的偷窺房間，來這邊的人可以重新體驗當年的那種有點奇怪的密室裡的氣氛，站在小小的門邊孔洞，眼睛靠上去可以看到穿著性感內衣的女人在裡頭。房間外頭還陳列另一些在那邊拍出來的稱爲「法國卡片」的妓女全裸照片作成的明信片，深受來巴黎的鄉下人的喜愛，當年還可賣出兩億張……的某種怪異遙遠的色情感。

我對E說：「這些女人看起來都好像女鬼。」

E說：「不會啊！她們好像當年的ESPN。」

E說她最喜歡四樓的十七張木刻版畫，上面畫著中世紀的祕密宗教連環畫式的性儀式。說明也很怪，寫著：「新來者要先吻一下女巫首領的臀部或吻一下繫在首領臀部上的面具……在儀式上，人們可以要求吻彼此的任何一個部位。參加聚會的女人有義務和「魔鬼」或聚會的首領做愛……」那臀部上的面具顯得很不尋常，我站在那裡看，卻一直覺得曾在哪裡見過。

最後，在看完了所有的展覽的地方後，我們被出口旁，還是被一個小小的牆角的木頭櫃中的收藏吸引住了。那是放稱爲「角先生」的人造陰莖，放在很古很密的木盒子中，不同尺寸的上頭都有小玫瑰花的彩繪。說明牌上還提到西元前三世紀西方也出現過這種人造陰莖，而且在古希臘時代的婦女使用得十分普遍，還甚至有常常互相借用、打聽何處可買……之類的事。

但這使得我想像起我是否也曾在我的另幾世的做愛時用過……用過「角先生」來插入某幾世女人的陰唇，來爲她們手淫，讓上面的花沾滿朝露般的淫水……

這些人類文明往往避諱的「性交史」以這種方式重現，彷彿以爲已消逝已不值得回憶的傷風敗俗的一切，在這館裡卻將如此禁忌而香豔的「祕愛」以精密瀏覽所有細節而回來了，但這種奇技淫巧式的異色展對我遲來而遲鈍「性」的自覺而言，是爲了「召喚」什麼？

我在這「性博物館」被誘發的情緒是很難明說的，有些是與這裡「淫念」的太古老太陌生有關，由於裡頭重新勾勒的雖然和現代彷彿炙熱的「性」相似，但其中的「色情感」卻又很殘很破地陳舊著，因此，在館裡，任何一種類型任何一種裝備任何一個姿勢的「浸淫」都顯得好遙遠地安靜。但，奇怪地，我爲其中某些更幽微細膩的一抹古畫古照片男女做愛中的微笑、眼色、遺憾……而恍惚。我老有著似曾相識地被誘發過些更深「色情感」的什麼而心動。

好像我自己的這一世的也往往避諱的「性交史」也被召喚出來，甚至，有好幾世心不在焉的性冒險的不道德、好幾世的愚行……自己也以爲已消逝已不值得回憶的，都回來了。都因此而重新再回神而懺情了一回。甚至，好幾世「性欲」、「淫念」的快活亢奮都在這裡重新再高潮迭起了起來。

但，我的肉體是無法因此而重新再回神一回、重新再高潮迭起的。我的「淫念」都只能在這裡撩撥了起來，但，卻是沒有辦法眞的和另一個某不知名的肉體在另一個時代裡做愛，相互舔或插入，相互支配或臣服，相互吸引或厭倦……我們彼此的呼吸、流汗、呻吟、抽送種種節奏即使能相互呼應，相距畢竟還是好幾世啊……

離開博物館前，我們收到館員遞給我們的一張和「假面狂歡節」有關的DM，上頭提到那狂歡節和義大利的性歷史有關。

那是關於一個著名的瘋狂羅馬花節，也稱爲「維納斯節」，是祭祀被女的一段情與弗羅拉的慶典……二十萬妓女穿著裡露胸部及半透明的薄紗衣裙同時湧向羅馬街頭。

這個慶典最令人注目的是，幾百名娼妓用拖繩拉著一把巨大的花束，花束上面戴著一個龐大而豎挺的陽具，她們把它安放在神廟中的弗羅拉神殿內，那是一個陰戶的仿製物，當陰莖和弗羅拉的陰戶進行規模巨大的交媾後，就在圓形劇場的舞台上舉行表演，少女們就只穿著圍在腰際的絲綢裙子，任它隨風飄蕩，彼此爭妍鬥豔。在這期間，妓女們還爲男性提供免費的「維納斯服務」，這一慶典一直延續到十六世紀才退出歷史舞台……

對於這個說法我其實半信半疑，只覺得那不過是這個「性博物館」的一種宣傳手法。讓在「假面狂歡節」的時候來威尼斯的觀眾會來到這個博物館參觀。但E卻只是說「那我們到了假面狂歡節再來威尼斯好了。」……

兩年後的現在我眞的在假面狂歡節來到威尼斯了。

E卻已經消失了。

也想起E在那廣場和我提到過的一個希臘男人。

「他很幼稚，但很會玩。」E說。

『我認識她是在一個很擠的床上。』在紐約時，那男人是這樣對他的朋友介紹我的。」E說的時候有種很奇怪的情緒，但又不像在生氣。「雖然我們第一次是在喝得很醉的一個party，四個人在一張床上做愛了起來。雖然有點誇張，但也不需要跟他朋友第一次碰面就這樣跟人家說我吧！」

他顯然也是聰明的，性感到很敢玩也可以玩得起……混得凶的……坦然、有意思而大膽。做愛只像充滿開心地喝酒、玩樂地……性交，而和E好像在這部分很合得來，那是E一直從來沒有辦法和我明說的，但我知道……我沒有這部分，也從來沒有過。

E和我的做愛總是封閉的，是小心的，有些不免得沉重……是那種夾雜內心不明的同時接近又逃離的渴望……我的不自覺的沉重。

所以我聽到E說的他們以前在一起的事……就知道爲什麼E和他有種更裡頭的連繫。

雖然我在廣場上還是一邊好奇而一邊有點耿耿於懷地聽著。

「他其實是那種從小就很令人討厭的人……」

「多討人厭？」我問E。

「他會摔東西撕雜誌破壞東西到他媽要把他丟到樓下去的那種討人厭的小孩。」

「後來呢？」

「但國小四年級，他變了，變成另一個人，因爲發生了一件事。」

「後來發生了什麼事？」

「他說他覺得被背叛，因爲他看到他媽媽和外遇在做愛，而且他媽媽有看到他的眼睛，但並沒有停下來。他就離開了，但也沒有再提起過這件事，只是，從此他就不再刻意做什麼來吸引人注意而討人厭了，就是……突然變得很安靜。」

「但這種變是不對的，我後來想了想，小時候的他其實才是眞正的他的。」E說：「國小的時候就變了，他一夕之間就變了。我看過就在四年前，在紐約剛認識的時候，他就是我喜歡的人，是那種聰明得很壞很直接的男人，但卻很安靜。可是如果以前那樣才是他的話，我會覺得我被他騙了。」

「他爸媽根本不管他，只好我來管他。」

「他只聽我的。」E說。

「但怎麼樣的他是比較好？以前的樣子，還是之後的樣子，還是後來明明跟我在一起但和那個有夫之婦還亂來的『現在』。」

「在紐約，我有一段時間一直很害怕我阻止不了自己，我的腦中都是殺掉他的種種畫面。甚至，那天我已然用口香糖和強力膠把他的汽車車把從內封起來，鑰匙也插不進去了……但這是不夠的，我還想把打火機放在排煙口，讓他一點火就車子爆炸。」

「你沒有跟別人講過這些嗎？」

「沒有。」

「後來呢?」

「後來他就消失了!」

但，我並不驚訝或同情或嘲弄E的遭遇。那或許也正是我自己後來的遭遇。E的難過當然因爲她和希臘男人的戀情……她不承認那是「關係」，但我感覺到那不只是肉體，其實那有肌肉有刺青的西方人肉體的年輕英俊……已經讓E嫉妒而想到很多她自己的心虛。我或許也不要太責怪E……一如想到她面對他，因爲E的無法更「不在乎」這部分而自卑而情緒化，所以才反應類似嫉妒出軌的質疑。

那時候我內心裡的另一個發現是，她自己不也是常享受性交的頻繁與淫亂的開心……更何況，他也是牡羊座，因爲年輕英俊性感而有的自信，也是更「玩」得起的。E爲什麼沒辦法原諒他是因爲她自己無法匹敵地和他玩。

所以或許她離開那男的的方式，是E消失了，一如後來她離開了我。

在兩年後的廣場想到這些，E畢竟已經走了……只是我內心中直到現在才比較看清楚這些。而看清楚我自己內心或許也眞的希望如此殘酷……地消失。

因爲我們已經太接近了，連我自己也受不了。其實，或許消失的應該是我，因爲我也眞的想走，想分手，想更無掛念地過自己一個人的生活……而不自覺。

突然也因此想到過去每回自己和情人分手過程的冗長與困難……但那是我這種較老式的

因感情糾纏的彼此的拖延與陪伴的耐心……

E畢竟是年輕的，她不一定要的。所以她選擇消失。在所有做愛的激烈都還在，一如看性博物館那種獵奇於肉體的種種狂歡的可能，在各種我們仍然還未因爲愛情而磨損激情之前，就離開了。

我甚至在兩年後的廣場想起E所說過的一個心願，就是去設計線上遊戲，設計一種「性」PK的線上遊戲。她想把她過去打天堂的打法設計成更有「色情感」的版本。混淆了做愛和遊戲，做愛與戰鬥。以做愛當成攻擊……而帶來的高度亢奮、激動與焦慮不安來升級，並同時作爲經驗値的參考。其實我聽不太懂，我並不清楚線上遊戲，也不清楚天堂。但她所說的「性」PK使我想到的卻不是打電動的激情，也不是一如她看性博物館那種獵奇於肉體的種種狂歡做愛的激烈的可能，而卻是戰鬥的最後不免的，死亡。

我想起E所說，那線上遊戲最後一關的PK賽，就會在這個威尼斯聖馬可廣場的假面藝術節。陷入險境的衝關者，無論如何努力，都沒有辦法打贏這關的妖怪。

因爲，最後沒有妖怪了，那會變成一場看起來像大屠殺的廝殺又像雜交性愛宴會大場面現場，玩家會越來越分不清他們是在做愛還是在戰鬥。

所以，死者永遠不會知道他們的死因是什麼。

坐在這個廣場的裡頭吃飯，其實很偶然，剛好又是提供 buffet 的點酒的吃法。但我又想在回房前，坐一下……吃了一點，東西雖然不好吃，點的白酒也不太好……但這地方還是很有意思。舒服、豪華的門廳，應該是廣場上著名的老咖啡廳……現在還維持了數百年前建築的模樣的華麗。

回威尼斯的心情很複雜，一方面覺得只是一再老套地重看一些大運河旁老建築的尋常，另一方面又覺得不想仔細看那些更多較怪較不知名的建築或是藝術、攝影或電影……我來太多回了，而且我也在忙公司廣告CF要來這裡外拍那案子的事，沒有多餘的心力來多看點這老城市自文藝復興以來的種種在文藝上的華麗。

但放到了幾百年以後，所有華麗彷彿也變得稀薄了……

其實，或許只是我自己變得稀薄，年輕的時候來這裡的我曾是很著迷的，從早到晚一直走遍迷宮般的全城，即使一直迷路，還是興致勃勃地到處走訪這古城每個角落的華麗。一如兩年前第一次來的E。

但我現在已不再這樣覺得，想到E想到過去也想到更多的自己年紀大了的麻煩，一如廣告公司的複雜與難度的另一些事的心情……這幾年我真的已經在經歷人生的更多更高層卻也更煩的事，或許，這不可能是E所能了解的，甚至是我在她那年紀可以了解的……

但也因此，在這廣場的這一天是我的此回旅行的終點。

不再那麼眷戀過去的對這古城這些文藝的華麗的老與美的鄉愁。

而只能看到彷彿「性博物館」式的可以重新體驗當年的某種有點奇怪的密室裡的氣氛或中世紀的祕密宗教連環畫式的性儀式……那種怪異遙遠的色情感。

造訪整個威尼斯不正像是那種「新來者要先吻一下古老的女巫首領的臀部上的面具」般的儀式雖然那麼色情地令人激動卻也那麼無奈地令人疏離。

但對現在的我而言，那或許是更切題的。

雖然還不是狂歡節最重要的那個週末，聖馬可廣場已搭起了演出的布景，整個巨型的舞台是金屬搭的，很盛重，大概是晚上的節目要用的……喇叭還是很大聲，下午顯得只是暖身……在放有金屬味的女聲唱的九〇年代中後的某些流行歌的怪異時，尤其令我心動。

在怪異的女聲中，兩年後的我才想起來，這一切也沒有那麼神祕的，那顯得很不尋常的臀部上的面具我眞的看過。

那年，去「性博物館」前，我和E在廣場咖啡座坐了一會兒，我鄰桌有一個很像好萊塢片的義大利黑幫的中年人，看起來像帶情婦來渡假，那戴Gucci的墨鏡穿名牌皮草的女人有點年紀但還是很有風情……

我其實本來打算走回廣場，坐在聖馬可教堂前，看了路人的來來去去，所有人都仍然迷人，一如演員，在廣場即興地演出著。我看得發呆，過了一會兒，注意到有對年輕情侶在寫明信片，我問他們爲什麼還寫明信片時……她聳聳肩不回答，繼續認眞地寫一桌的明信片，上面的照片有一張就是我正坐著的這個廣場的華麗。另一張就是那個臀部上的面具。

但這已是兩年後淪落而孤單的我才發現的了。

「淪落的威尼斯成爲風華已逝的象徵，一個憂鬱、懷舊、浪漫、神祕而美麗的地方。」「B爵士，顯然就是比較鍾情衰頹中的威尼斯：自傲自炫的絕世美人，也許，她憂傷的時候更可愛。」對作家T而言，它是深具魅力的奇珍，「半如童話，半似陷阱」。我明白，爲什麼以威尼斯爲場景的故事，總是那麼不可思議。陰暗的幽僻運河，連內行人也往往會迷路的迷宮似通道，很容易讓人生起不祥之感。反射、鏡像和假面，意味著凡事都與表象不一。祕密花園、百葉窗格、不知從何而來談論著祕辛乃至祕術的聲音、摩爾式拱門在在提醒人們，這一切莫不蘊含深不可測的東方精神。

威尼斯人顯然連自我也在納悶的問題是：生活在如此精純濃縮而不自然的環境中，到底有什麼意義？女作家VW形容爲「歡樂、祕密、不負責任的遊樂場」的威尼斯，到底還剩下幾許？譬如聖馬可廣場像個露天大客廳，威尼斯夜間會化身爲舞台，鳳尾船都漆得黑烏烏像靈柩似的。

想到更早以前的有一回，E跟我說她爸爸外遇的事的時候，我們正在某個很大很有名的汽車旅館裡頭。那是一個叫做「義大利風情」的過大的房間。

我一直被它裡頭的太多和「義大利」有關但又有點離譜的行頭弄得很分心。例如：塑膠做的巴洛克柱頻頻出現，例如太華麗、太大的黑鳳尾船型皮沙發套，例如很多很誇張的植栽在各個角落，例如摩爾式拱門雕花鐵件的美術燈床頭垂幕掛具的繁複……例如圓形的按摩浴缸的正上方的圓形壁畫竟是仿米開朗基羅的《創世紀》壁畫中的〈亞當的誕生〉。甚至，聖馬可教堂和廣場照片做成的客廳大型壁紙……在在提醒威尼斯夜間那種風景的誇張。

更後來，我才發現這一間還可以唱KTV，是專用的所謂「換妻」或「轟趴」式派對的最大型房間吧！

「我爸爸外遇的對象竟是我乾爹的太太……他已經七十多歲了，怎麼還上了自己最好朋友的太太。」我還沒回過神來，E又接著說「最難以忍受的是，這禮拜，乾爹乾媽從高雄上來台北玩，竟然就住我們家……害我都不想回家了。」

其實E說這些話的時候，我們已經倒在床上累得不太行了。激烈地做愛了兩個多小時，在這古堡裡的每個離奇的角落每種誇張的光線變化中，消耗了最後的體力之後。只能躺在那裡，聽著一種更低調更怪的我剛剛不小心按到的叫做「情境音樂」的鍵所發出的聲音……在光線變得昏暗，所有怪異的行頭都變得不明顯……只剩下一株綠植栽的燈與更遠方浴缸底泛起的藍光中……所傳來一陣一陣「潮浪」的聲音，這種「海」的聲音的隱約，事實上比所有這個怪房間的離奇更令人難耐……因爲「它」是這裡唯一「自然」的東西，但卻是最「假」的。

而且正是所有這些「離奇」的最隱約最底層的聲音。

之前，當我撩起E的裙，在又長又深又舒服的皮沙發舔她的陰唇時，她的叫聲太大，當我在浴缸裡挽起她的臀部，從後面順著水波而插入我的陰莖時，按摩浴缸的水和光太紛擾，當E穿上我買的性感連身蕾絲內衣而更淫更用力坐到我身上扭動腰地用力時，她的叫聲太令自己分心……

E說她喜歡我喜歡她的壞，她也不知道她可以壞成這樣。我在隱約的「海」的聲音中和她這樣有一句沒一句地搭著。其實我沒有說她心裡某部分還仍是個好女孩，而且是很安分很乖很認眞的那一種……某個部分而言，她被她爸爸的淫蕩所困擾，也被自己的淫蕩所困擾。

「我竟可以壞得這麼性感。」她仍然面帶微笑著說……

她的微笑讓我有點難過，那是她道歉的方式，也是她逃離的方式。

當E坐在我的陰莖上，我看著她的性感內衣她的豐滿的乳房，但我看到她的微笑卻有種很奇怪的難過……

現在，我想到那「海」的聲音，但卻是，在眞的威尼斯。

在越來越多戴假面穿古裝的人走進廣場的午后，寫著這些。顯得好不放蕩……其實我穿著保守，坐得很遠只是拍照和寫字……沒有演也沒有扮……

我或許應該也主動點的。更奇裝異服點，更直接一點，更演一點，更不在乎一點的。

「假面」或許是正爲了這種可以「更不在乎一點的」……心情其實還是很不好的，因爲這些瑣事，也因爲E。

住在威尼斯的人那麼愛談威尼斯，是有幾分道理。畢竟，在威尼斯發生的事就代表了威尼斯……旁徵博引、訓誡、熱烈、衝突——頗具雄辯本色，反倒不太像在談話。威尼斯人的論述時而插入古文和時間表來強化。有時……則是以誇張的語調，帶出威尼斯極端的驚和喜、低劣和精緻、可怖和魅力。L夫婦其實跟威尼斯一樣呈現出煩擾之情，只不過他們是以頑強得近乎自豪的煩擾之情，來宣洩對威尼斯的愛，儘管它有許多缺點。他們急於向我說明威尼斯的當兒，不時會彼此重疊，不自覺地同時說話。

『幽閉恐懼症』是關鍵詞，」P說：「我對這個詞很敏感。因爲，每當有人把幽閉恐懼症跟威尼斯相提並論，我馬上就知道，說這話的人住在這裡絕對不會開心。」

想到前幾天，我才離開了台北，坐飛機來威尼斯，今天的我就在聖馬可廣場前的internet café，用英文寫了e-mail，寫到了昨晚的被虐的大象肛門和二年前性博物館人工陰莖的事，好奇怪，我竟會因爲這種「色情感」寓言的荒涼與迷茫，而無法入睡。也好像用一種不熟悉的語言，說了一個不熟悉的故事，但卻是關於我的……或許我也和所有遭遇了像作噩夢的人一樣，只是把「它」封起來，封起來，封進一封信，一封e-mail……但我寄出去了，寄給已失去聯絡兩年的E，絕望地……我感覺到一個人在外國的孤獨的可怕，和因此想起更多的殘念。

下午回到了旅館，在那很迷人有裝修設計的室內，一個破舊的小店變得有特色，有細節細部的用心……床邊有兩面木頭鏡子，而床好舒服質感重量都好……很小的房間但很溫暖，怪用色的牆，與小心的老傢俱……我想到了台北那個有八爪椅的房間。

我也想到昨晚的夢，腦中出現一個畫面，是在一個圓形房間裡，所有的畫面都有像窗的半立體突起物，而且都是透明的窗，或是雷同的突起物……而且房間很多面玻璃曲面的窗，好多好多，但都不是平的，也有點髒髒舊舊的……而且完全是封閉的狀態，但我內心卻好平靜，沒有任何掛念或悲傷或想要怎麼樣的衝動……

醒了之後，仔細想了想，圓柱體房間就越像「性博物館」地下室那些封陰莖在裡頭的古燒瓶。

E消失之後，我只是過幾天去她的手機留話一次，而且後來我發現我竟因上次電腦掛了重灌之後而完全消失了她的所有e-mail信件，甚至連網址都不見了。我回想她最後一次和我講電話是她從外國出差回來，提到去幫一個姊妹淘朋友慶生，車子被拖吊而找回來。之後，就消失了，我開始擔心她是不是掉了手機，惹了麻煩甚至出了車禍……但我什麼也沒有做……因爲我也想到或許只是她不想理我了。在上一回我們在台北某個汽車旅館狠狠地做愛做了一個晚上之後……她還一直依依不捨。

那回和E去了的這個汽車旅館竟然連「義大利風情」都有八爪椅，我不知道爲什麼以爲更年輕更野的E一定很高興，但E剛開始卻很緊張，很不屑……

當然，後來我和E還是討論了上頭還綁著一個威尼斯面具的八爪椅的各種功能各種震動方式，嘗試各種體位各種速度的「野」，E後來就變得非常非常地浸淫其中。我一方面在越來越熟練它的又離奇又怪的「野」之後，把陰莖做更強大的瘋狂的抽送，那同時我卻有了更多的「壞」與「專注」，然而卻也一方面腦中分心地浮現著想威尼斯會有這種東西嗎，一直到後來E反而把我按在椅上，用同樣的瘋狂來抽送時，我才回神。

其實，那時候E的野與瘋狂是吸引我的，在許久以後想來，變成當年我在那麼忙那麼累的挫敗中等待的慰藉。我告訴E，我去美國的這一兩年，我的人生有了重大的改變，雖然我也還不是很清楚……只是去年在當廣告公司主管的時候壓住了。

E對我告訴她的一夜情的某些緊張感到「同情」，她檢查我做的某些自以爲「很不一樣」的冒險……

但她只是接著講起她的很輕描淡寫的更野的性的往事……繼續露出那種有點不太在乎的微笑。我想我聽了反而窩心。她說出了我完全地「厭倦」自己的原因。對做愛，對人生，一如對年輕時想像生命可以的種種冒險……

我想我不再著迷威尼斯，一如我不再著迷以前在所喜歡的那種文藝的書或電影裡看到的威尼斯。

而只能在假的「鳳尾船沙發」、在「八爪椅」上的面具前，想到了我們被帶進了「人工陰莖」般人工的一切的瘋狂……

但，顯然是昏暗而隱約的，相對於我們已然傷痕累累的依賴肉體的「淫」來逃離的姿態與這種人生的沉重……

這是我感覺到的，但我講不出來。

只剩下假的「海」的聲音，在假的威尼斯壁畫壁紙旁的微弱燈火中，兀自洶湧……

想到昨晚在威尼斯大運河旁的旅館看到電視上的節目，我嚇了一跳，雖然是講義大利文我聽不懂，但畫面上是歌蒂韓戴很大的LV太陽眼鏡，遮掉大半的臉……正在摸著大象。

「歌蒂韓」我的第一個印象就是她，當年的一個性感但迷糊的好萊塢金髮女明星……但現在為什麼會在這裡。

「看大象的年紀可以從耳朵內的皺摺紋層來看。」那個主人跟她解說。歌蒂韓雖然在這一條非洲的很骯髒的河邊，她顯得很害怕。但仍然穿白色的衣服，很大的墨鏡，很大的草帽，全身看起來都是很昂貴的行頭。

「本來只是想摸牠的鼻子，摸頭，」她說。「用浪漫的角度來看大象的話，這樣是很動人的。但我從來沒想過可以這麼靠近。這是很難想像的。」

「你要不要幫牠洗澡?」主人說。

她有點爲難，但還是去了，一邊下水一邊摸大象的頭，對鏡頭說：「是眞的有點可怕。」

「在七、八年前買下牠的。」主人又搓著大象的耳朵說：

「大概三、四十歲了吧！」

「之前牠被狠狠地虐待過。甚至，肛門被塞進去奇怪的東西，很殘忍。」

我因此想起二年前在「性博物館」裡看到的一個收藏展，幾乎忘了。因爲是在不同區位，但仍是陳列於整層地下室的珍貴特展，現在想起來，那幾乎是不可能的，在暗暗的每個角落旁每一個老式雕花木桌上，都放滿了好多個玻璃顏色已十分陳舊的老式燒杯、燒瓶、培養皿，裡頭更令人難以置信的，一如說明牌寫的「威尼斯古代男性器官」收藏特展，是所放的泡在福馬林裡好多好多的陰莖。那眞是某種難以描述的奇觀：那些性器官都因爲長年浸泡而有點半腐朽狀態，但仔細端詳，形狀、尺寸、膚質都很不同，有的粗大，有的瘦小，有的還只是柔軟、遲緩、蜷曲成不規則的一團的近乎不動，有的莖部肌肉扭曲不發達，有的馬口形體不完整，有的陰囊袋的皺摺有凝塊，有的弧摺面長了小而不規則肉冠，有的陰毛鬚濃密如菌，有的還分布暗色的斑點，有的像莖身側邊是有受傷但仍有呼吸而晃動的鰓，有的像帶刺鱗片的美麗爬蟲、硬殼帶尖齒下顎有細小的突起物，有的龜頭斑駁而形體突起變幻而乍看甚至像是內有瞳孔甚至有眼神的蛇身前端。

我來回徘徊於諸多燒杯旁，讀著泛黃紙牌上半義大利文半英文的文字註解，呼吸裡，彷彿可以聞到有著蛇群在蛇籠裡的攀爬，聞到蛇皮彼此摩擦絞動的腥味，一如在燥熱、晦暗、粗糙的密室，相互間歇吐出蛇信那種餘音的揮之不去……

那時，當自己已覺得實在近乎窒息地太沉重時，我卻發現，E在走道裡卻很自在，邊走還邊小聲唱歌，神情像極了昨晚電視裡那戴很大太陽眼鏡正在摸著大象的歌蒂韓。

但，我竟想像起她可以繼續如同那個當年好萊塢金髮女明星的性感但迷糊，像古代巨鱷閉上眼睛用冰涼的腹部感覺在牠胃裡逐漸冷卻的人身肉體的碎裂、殘壞……E會說著：「用浪漫的角度來看『陰莖』的話，這樣是很動人的，但我從來沒想過可以這麼靠近，這是很難想像的。」

在這地下室裡，空氣仍有著揮之不去某種稠密、刺鼻、腐敗的惡臭，而且牆垣壁紙裝潢也十分老舊，但仍是溫暖的，使得光與陰影同時溶解也同時凝滯……

所有的腐朽中的陰莖，像被豢養了的有鱗目的動物，正窺探不小心侵入的我們到底在想什麼？

因而想到更前一天去另一個古城 Padova 是爲了看一個老大學裡老解剖學木頭劇場，那是幾百年前教解剖用的，奇特的是，有好幾層圓型天井的地方，雖然，應該也算不上劇場，但導遊書一用了 theater 這個字，而公司叫我來看看的那個CF導演也用這個字。

已經等了一天半了。在老大學門口，所有人在吃午飯十二點半吃到三點，全城的店都關著……像昨天禮拜天一樣地冷清。我像個傻瓜，在掛滿老石獎座石碑的天井裡坐著好冷。

我因此逛到那大學旁有另一個博物館，裡頭有匹古代留下來的木馬，書上說：「到底有多嚇人是要到現場才感覺得到的。」太大的怪形狀的大廳，有點暗與小圓洞照進來的光束使它更神祕。要很慢很慢走近，在很安靜到像牆上那些古怪星座壁畫的神祕氣氛裡才會浸潤到它的奇特……全身都是小塊木頭拼成的，但卻極度寫實，連陰莖都很明顯很突出……尤其在它那麼巨大那麼高的只能讓我們從底下往上看的尺度感……頭和尾和腳的肌肉都很有力量，而古老、暗淡、沉默……所以像化石或受詛咒的封在裡頭的獸，等待被喚醒……那是一般照片所看不到的。

我仍一直注視著那極度寫實的小塊木頭拼成的馬的陰莖，在暗淡的光中仍然很明顯很突出。

我在那博物館出口旁的書店待了一會兒，想找和假面狂歡節有關的書但卻看到角落有幾台電視在介紹各個和古代解剖或肉體虐待的節目，有一個 Discovery 製作的節目，竟深入報導了中國的纏足：

纏足的傳統甚至從女孩延伸到男孩，有一種說法是為了渡一個劫數那種迷信。因為怕小孩早夭，也就讓男孩也穿耳洞纏足，尤其在上層社會提供遊樂的男童的較奇怪的習慣裡，一九三一年的報上報導，學刀馬旦時，男人纏足是爲了舞台上的專業，那老人也大概六十幾歲……他說了很久他小時受的近乎不可能的苛責與訓練。

現在只能綁假的小腳，他說對學生來說仍然是慘痛的經驗，整整一年，都要穿……眞的腳變成踩在小的繡花腳高翹上……

「冬天很冷，夏天很熱，勒得很緊，只好用手捏一捏，可以通一通血。」他露出奇怪的補償性的笑與嘲弄與另一種更遠點的同情。

「你想在鞋上繡什麼？」那老太太問著來的客人，手上拿著一雙寬只有十幾公分大小的鞋。

她說十三歲開始繡花鞋了，現在穿的人越來越少了，你想繡什麼，是很重要的，不同圖樣，代表不同，六十八歲的她，是現在僅存的非常少數會做小腳蓮花鞋的人。

蓮花鞋收了七百八十雙的某個香港商人，指著這些飽含歷史氣息的古董布鞋，說牡丹是富貴，桃是長壽，蜜蜂是多子多孫，雞冠是升官，

「七十歲以下都沒纏了。」這是一種快要消失的人的痕跡。

「有七個尺寸，從二十到二八。」

「何師傅最盛是一年做二到三百雙，以舒服和耐穿著稱。」

「她們再活也沒幾年了，村中一百零四個纏足老人。」

傳說中這龍王非常迷戀女人的小腳，就變身爲三個池子，在廟的後面。而且又下了一個咒語讓全村的小腳女人腳痛，「龍泉」就變成了她們必須來洗腳才能治好腳痛的地方，至今她們都還是會回來這裡拜拜，拜完後來這河邊洗足……

昔日是愛與迷與性的極致的象徵，現在則是變成壓抑與殘忍的另一種完全不同的象徵，因爲種種召喚而竟又引起好奇。小腳是神祕、謎、欲望與痛苦的時代的證據……是一種愛戀，也是一種補償。是一種祝福，也是一種詛咒。

我站在那書店前好久好久，令我著迷的是那個龍王變身的池子的故事，這故事太浪漫、太變態、太離奇又太淒美……我一直就痴痴地看著，無法離開。一個咒語讓小腳腳痛。一個傳說讓神變身爲池與溶解於「痛」，一種在泡腳的過程的治療的苦，一種於洗滌中有浸淫於肉體的恍惚，一種神族對人的變態的肉體的殘餘末端的眷戀。

這裡就是個盡頭了，對這次的旅行而言。

海的聲音打上來岸上，地中海的……冷的、水的髒與遠……

但，看到她的微笑，我的眼淚就掉下來了。而船門關上，船開了，風景往後一直一直飛逝，我知道我這輩子再也見不到那義大利老太太了……

下午有點晚的時候，我走離了廣場一會兒，想去找記憶裡那「性博物館」，勉強找到一個方向，找到某個有點像的巷口，跟著某個門牌走了一小段路，但才轉了兩個彎，卻就找不到路了，心裡有點不甘心，仍然想試試看，卻越試就越走越遠，過了幾個橋，仍然找不到，但到了那時候，也完完全全失去方向了，就只好放棄了，而且就這樣，又走了好久好久，竟然走得完全迷了路。

直到那義大利老太太出現。

在那好像怎麼走都走不出去的街巷中。

更糟的是，天色竟更快地越來越暗了。

尤其，下午的天光快消失之前，整個威尼斯變得非常消沉，古城的天空線仍然盤旋於天空裡，但看起來越來越模糊，而且建築和廣場裡的燈還未亮起，在暗暗的城裡的每個角落旁、每一個老石雕前，竟讓我聯想起那個放滿「古代男性器官」收藏特展的斑駁而形體突起的眾器官半腐朽狀態的變幻，而且彷彿泡在福馬林裡好多好多的各陰莖，形體已離開老式玻璃燒杯、燒瓶、培養皿，還神祕地活了起來，而且變成了化石，變大了尺度，變成了威尼斯好多教堂屋突、好多鐘樓頂端、好多尖塔端峰般的突起。更多個街旁陳舊的花鳥蟲獸雕像，乍看卻甚至像是頭部內有瞳孔而甚至有眼神的有鱗目，爬蟲類式的軀體前端有凝塊、有弧摺，有的還只是柔軟、遲緩、蜷曲成不規則的一團的近乎不動。在越來越暗的街巷中，我一面因迷路而慌張，一面卻也因仔細端詳這種種難以描述的妄想般的奇觀而更為驚嚇。

直到那義大利老太太出現。

出現在那越來越暗的街巷中的那義大利老太太其實很老了。

穿著很樸素，身穿不合身的有點笨重的藍棉布外套，頭上也包著淳樸花色的舊頭巾，沒有裝飾的上衣與褲身，看起來很普通也不貴重，完全沒有義大利人愛慕時髦習氣的講究花俏，反而因為樸素太過地完全不起眼了。但我卻一直印象好深，老太太穿的方式與細節有著一種很會照顧衣服才能養成的細膩的關心，它很簡陋但卻仍然很莫名的好看，雖然洗得有點衣角已泛白了，但卻很整齊很乾淨，而且更奇怪的是，她穿著一雙過時很久但仍鞋型沒有太多損傷的白色舊布鞋，而且有點辛苦地背著一個淡黃色的塑膠雙肩背包……應該是要出門去買東西，完全沒有特別的裝扮，只是穿著很日常地活在那裡的衣服的尋常，但也因此，反而更為令我感動，她的衣服彷彿和身體的緩慢移動有著奇特的貼心的氣息，彷彿是活在那裡很久很久的人，用某種沉靜而令人安心的「人應該活成這樣」的活法出現在我眼前。

完全不像那些慶祝著嘉年華的人穿戴面具、披肩、長禮服、扣環和各式絲帽的人們。她頭髮有點白，走路很緩慢，行動很蹣跚，但卻完全自然地前進，不像會擺著各種姿勢怪扮裝突出想好看的那些廣場上扮演的人。她在這裡住了很久很久了，不需要扮演，也不需要再引人注目。

因此，在她後頭的那些令人慌張種種妄想般的奇觀，突然在她的出現之後，只變成像一個布景，顯示它們華麗的不眞實。那些暗色的斑點像莖身像側邊晃動的鰓像帶刺鱗片的爬蟲的老舊建築，與硬殼帶尖齒下顎有細小的突起物像長年浸泡那些性器官暗示的石雕像突然都不敢動了。由於老太太的太樸素、太尋常、太簡陋的那種太眞實的「眞實」，所有天黑下來前後出沒而來回徘徊那妖孽般揮之不去的城市幻覺都撤退了，連呼吸裡，彷彿可以聞到有著……聞到「性博物館」彼此蛇籠裡吐蛇信般摩擦絞動的乾燥、晦暗、粗糙的密室那種餘音般的腥味都竟然消失了。

更多這個奢靡成性的城市的、以假面來狂歡的節日的……華麗，和她的眞實比起來，眞的變成只是很輕很浮……

我看到她走得那麼慢那麼自在時，一直有這種感覺。

「扮的人和看的人的差別」，「只有演的人和不演的人的差別」，「會不好意思，和不會不好意思的差別」，「穿古怪的衣服和問古怪的問題」的那些狂歡節的人們在玩在想的事……在老太太的出現之後突然都不重要了。

這一個老太太很和藹，她努力地說，在一大堆義大利文的話裡。

但我搖搖頭表示我眞的聽不懂的無助，雖然如此，她仍很用心，仍用手客氣但專注地比畫著，也用很困難的很少的她僅知道的英文幫我，後來，過了好一會兒，我慢慢揣摩出來她的意思。她是告訴我：船的站牌在另一側，其實只是十多公尺外另一條巷道轉過去的另一個地方，她還堅持要帶我過去，我就只好被她牽著手，跟著她往另一邊走去。

我們走得好慢好慢，她還一邊一直用義大利文繼續說著我聽不懂的話，我在旁邊跟著走，像她的無知幼小的孫兒。我有時用眼睛的餘光看她的樸素的花頭巾、泛白的藍外套，和淡黃的雙肩背包。有種太過感恩與太過不忍的情緒一直令我很不安，但我說不出話來，說了她也聽不懂、也太見外。只能靜靜地陪著她走這一段雖然很近但也很慢而充滿溫暖的時光。這時候，所有建築和廣場裡的燈也逐漸亮起來了，威尼斯對我而言，因爲老太太而完全地蛻變了。在暗暗城裡的斑駁而形體突起的眾器官半腐朽狀態的變幻消逝了，有鱗目有凝塊有弧摺有遲緩蜷曲在暗街巷中的奇觀般的妄想都撤走了。我迷路而慌張的消沉在她很多皺紋但也很溫暖的手溫中完全地消失。

到了河旁的碼頭，她堅持要陪我等，手也沒放開。我一直很不好意思。很多其他的等船的人一直看我們。

等了不一會兒，船就來了，停在那裡，她擁抱了我一下，還摸摸我的頭，又說了一大堆義大利文，才讓我走。我仍有點緊張地上了船，問司機確定了這是我要坐的那一班，才放心下來。然後才望出窗口，向她用力地揮手，船的馬達聲很吵，浪很大，我想跟她說謝謝，可是我想她聽不到，但她仍然也很高興地在碼頭向我揮手，微笑……

她那麼眞實，那麼自然那麼溫暖地幫助我。一如我是她不懂事但很親很親的親人。

她還站在那裡等……我仍然遠遠地看著她。

船越開越遠了，碼頭越來越模糊，整個威尼斯也越來越暗。

一直到看不到老太太……我哭了起來。

或許，我在威尼斯或許自始至終都一直是迷路的，但一直到遇到這位義大利老太太，我才如此的明白。

不知道爲什麼，我一面哭，一面想到……畫面裡，那十三歲開始纏到六十八歲的現在僅存的會做小腳蓮花鞋的老太太。

和更多那些很老了還去龍王廟拜拜而拜完後面的「龍泉」到河邊洗足才能治好腳痛的那些纏足的老太太，像在一個傳說中，也像被下了一個咒語，像對小腳那麼古老「變態」的神祕不再迷戀之後……那種發自內心很溫暖很樸素但卻仍然是很深很深的同情。

我的面對「淫」，面對種種性的那麼「變態」的古老的神祕，一如面對旅行、面對E、面對假面狂歡節……不也一樣地虛弱而一再地迷路。

義大利老太太的溫暖，溶解了我的一種深處的「傷」，一如在泡小腳的過程的治療的苦，用很深很深的同情，溶解了我的一種浸淫於肉體的恍惚的殘餘。帶我離開了威尼斯暗暗城裡的斑駁，離開那整個城裡建築形體突起的眾器官半腐朽狀態的變幻，離開在暗街巷中有鱗目有凝塊有弧摺有遲緩蜷曲的奇觀般的妄想。

在她很多皺紋但也很溫暖的手中，我迷路於這個奢靡城市以假面來狂歡的節日的……華麗都消失。一如我初到聖馬可廣場天色還早但陰沉的寒意像幽靈般很慢地走過那個穿大紅衣的戴金面具的女人所召喚所有的黑暗所有的死灰那種恐怖片中不明的神祕，一如E，都完全地消失了。

第一個故事
那隻廟裡和尚養的貓

在那一世你是廟裡的和尚，我是你養的貓，你出去嫖妓時會把我也帶著，一邊做愛時一邊餵我喝牛奶。

在另一世，我是那廟的幫忙抄經的書生，而你是來還願的美少男，我們相視相笑，躲在佛像後頭肛交著。

我說我們的太多年前的遭遇方式太模糊到像是前幾世，或許這樣想，比較容易想也比較容易接受。

我等到她的時候已經快十二點了，其實已經累得離譜，她看起來也是，開著一台她阿姨的 Toyota Tercel，說她也忙了一天也好累。

我們去基隆河旁的河濱公園好了，我說停車場很亮、風景很好，還有俗氣的新的大直橋「燈光秀」可以嘲笑，我從她身後抱著她的腰，「有點冷」我試探她……

她說了好多她這十多年發生的事，在東京在紐約，補充有些她和我失去聯絡這十五年的故事的……那時候我正舔著她戴了很多耳環飾物的耳葉緣……由於很緩很深，所以全部的金屬的小飾品物件都含到口中，在舌面的潮濕上浮動。她手伸到後面摸我，腰還扭起來讓臀部分更貼緊我的勃起。

E只是笑，「我好遲鈍，你寄來那些你ONS的日記，我還不知道爲什麼，只覺得好看，後來一個gay的朋友跟我說『他想上你』的時候，我才曉得，哈！好遲鈍。」她說「我之前有個有外遇的男朋友分手好久以後，我才想起來，他那一陣子怎麼常去修車。」

我笑了，「修車，我懂……但我寫信很有禮貌啊！我老問您會不會有被冒犯的感覺。」她說：「不會的，但我們不是應該在房間裡寫小說嗎？在書桌前面，攤開稿紙，一如上個禮拜說好的，像《花樣年華》或像《2046》。」我說好。但，放下背包，卻立刻粗暴地從她背後抱住她，舌滑舔她的好久好久耳朵，手緊握她的豐滿乳房，把她壓在沙發上好久好久……

「You want to be my toy boy?」

「Can I play you?」

「Yes, please.」

「Play harder.」

在電話裡，我們用英文說著。那已是演講開講的前五分鐘。

我在演講廳外的走廊上說著「harder」這個字時顯得好清晰。但出來找我的承辦的工作人員有點緊張，她假裝什麼都沒聽到地過來，招呼我趕快進去：「觀眾到得差不多了，可以開始了，就等你。」

演講是「廣告如何形成風格社會」……後來我和一些學者坐在太過正式的舞台上說了一個下午……但我卻完全沒辦法專心，只是一面說卻一面想著E和昨晚。

「我又和我媽去看了一次《2046》」，「我發現周慕雲只有和王菲有一起待在2046房裡，而且他們好純啊！吃聖誕晚餐時，王菲只是一直在喝湯，還邊問他爲什麼要請她，害她不能打工，少賺了很多小費……」E說，然後拉下我的長褲，把整個龜頭含進她的口中，而且並沒有褪去我那件黑色的CK丁字褲，棉的隆起部分都濕了，而我一動也不能動。

星期六晚上，我好不容易從公司離開……九點多了，好餓，坐在北安路的摩斯漢堡，等著E的 family day 的可以離開，等著等著，就睡著了，還一直記得樓下入口處，貼著的不准打牌喧譁盹睡的標示牌……所以一直還醒來，但旋而又睡去。

「你做愛排第二名，僅次於我那義大利男朋友，相信我，這是很高的評價。」她還有點喘息，全身都還流著汗，我們被電話打斷了，剩十分鐘，我說再延長，旅館櫃台說不行了，後面的時段已經被預約……我們有點失望，雖然那個新開的 motel 滿好的，雖然我們已狠狠幹了一個小時五十分鐘了，而我依然還沒射，她依然好緊好濕。

「這不過是 appatizer！」我保持風度地安慰她……

「你好會幹！」她安慰我。

其實她是那種很早就很會的女孩，她這方面是比我早熟的，何況在紐約在東京各待了那麼久，還是常游泳常衝浪，腰曾有二塊腹肌的那種膚色健康的女生。

我還來不及提她的刺青好酷，提她的口交功夫好巧，她的最喜歡坐在男人上頭的姿勢好迷，她豐滿的雙峰的好媚，她的陰唇裡頭好緊好緊，但她卻已更世故地笑著說，「好久沒做到快長蜘蛛網了。」

我還是覺得她是周慕雲，而我才是王菲。

「她和她媽媽再看一次《2046》的時候在想什麼呢？」

「我在聽《2046》的電影配樂邊寫信給她邊手淫的時候在想什麼？」

我們在沙發上互相舔彼此的濕就花了一個小時了，趴在地上又舔了半小時，她甚至自己手淫了起來，在我舔她乳房的時候，我甚至緩緩放手指進她的幽門的裡頭……後來還一邊口交，一邊交換不同姿勢地舔她全身……

「大多的男生都只顧自己！」

「有時糟到我好像在做慈善事業，還可以一邊想別的事，想著什麼時候可以結束……眞正會做愛的男人都是 gay 。」

「但你這個玩具還滿專業的！」她笑著說，「和我猜得很像，看你寫的 e-mail 就知道你很行。」

「你確定我不是 gay 嗎？」

她笑著說：「不是，天蠍座的男人愛女人愛到這麼壞才行，才能做愛做到這種程度。」

她說她已經完全不記得十五年前和我寫的那麼多信裡頭在寫什麼，我說我也不記得了，那個故事停止於她去了日本，這個故事開始於她回到台北。

「但，我們爲什麼現在會重逢，而不是在紐約，在那一年？」我們比對了那時候常去的地方，還是覺得很奇怪，搞不好我們在某地方某 party 錯身而過好多回，在 Bedford 某咖啡廳，在 Village 某小吃店，在中央公園慢跑時……

「我的工作室就在 Bedford 那辦 party 天井的左側三樓，開窗就看得到。」

如果我們保持禮貌只是寫信，只是敘舊，只是她聽我演講，「那會有點遺憾吧！」我問，她說，「還好，那也好啊！」

可是，現在也很好「你那麼有名，但，你是我的玩具。」她笑得很開心。

「Play harder.」我又說了一次。

那時候我們已離開 motel，坐在一個豆漿店的走廊喝東西，眞正眞正地敘舊，她說她遇到我那天是她去誠品買書的時候。我說我一眼就認出她，一眼就覺得她是一個「對」的人。

我一直在對焦這種「對」，雖然沒有把握，我沒告訴她，我自從紐約回來之後，一直在反芻這兩年對我的改變的可不可能重新對焦，我試探「對」的人做「對」的事。開始這一些「不可」「告人」的練習，我一直覺得ＯＮＳ是裡頭較尖銳較困難地有趣的一種。不只是對我的陰莖，也是對我的拘束，對我的寫的越來越生硬越沒力……

「A什麼時候會進來？」我們在床上激烈地幹了好久，滿身汗水地纏抱在一起時，她突然看著我認真地問。

我把她一隻腿拉進來放在我肩上，另一隻腿仍然放平在床，這是進房間以來，我第一次正面地看著躺在床上的她，在我們已經換過太多太多奇怪的姿勢之後，我站著，把好硬龜頭插入她的多毛的陰部……看著她。

「A很快就來了。」我扭著腰，挺著陰莖，越放越深，越扭角度越怪她呻吟得越大聲。看著她的臉，我仍然不覺得我正用力地在幹她。她笑得那麼天真，呻吟得那麼甜美。

我想到那隻廟裡和尙養的貓。

E的天堂筆記（零）開端：療程

我想我始終沒辦法完全忘了那年那段心理治療過程的聊天……

一個人被限制！在過程裡，老是會亂想，那時候很喜歡翅膀這東西，但不是普通的輕巧可愛有羽毛的那種，而是耳朵流東西出來卻變成翅膀形狀的抽象的那種……

或被抓到裡面的黑暗，一如天堂那種線上遊戲裡的角色，自己體內被剝離地沒有肉，只有脊椎，但又不會痛，連接管子，是和外界仍有聯結，像那隻畫面裡的狗，躺在解剖台上……等待。

在這裡把它完成，經過了很多年，現在談起來到這種地方才有那種心情把它完成或只是說出來……

打天堂好像那年那段心理治療過程的聊天。

那次去……有經過那種適合想事情的地方，但卻想起奇怪的土耳其的照片裡那種白石地形的地方。從小一直是很孤獨的我，不太跟人家說話，永遠都只有在只有一個人的時候才說真的，一群人的時候說的不會是心裡想的東西，沒辦法。

我比較喜歡身體是被穿刺，被透過自己那兩隻手去穿刺，我老想這種殘酷的畫面，從小看那種教堂的地獄圖或線上遊戲類似的這種東西我都會很激動。但為什麼是自己刺死自己，我也不清楚。

像隧道，進去沒有光線，不知道要去哪裡，但遠方有很小很小的亮點……

天堂裡頭很像科幻片內的樓梯光線的感覺，我自己坐在裡面，有種老舊的陰森。天堂裡的場景，房子的陰森還是不要改變太多。不要有太夢幻或童話的東西，一如裡面都是地下道，但卻要很清楚地出現那種光線。就是不會讓人家看到的感覺不好。打進去時，才能發現那地下的礦區有多深多黑暗多恐怖。像吳哥窟是另一種，我也夢見過，像有穿紅袍的僧侶走在一個很小的灰暗石刻洞窟口，更前面有個寺廟光打亮才看得到，一個洞一個洞。走出，被發現時很詭異，像陷在裡頭的一團一團布囊而已，不是人。

我想要的東西要有矛盾的感覺，就像一棟快毀但很華麗的房子，屋頂快壞快掀開但又有很多精密的機關，內部很多怪東西但卻不擁擠而很有條理。

東西很多，卻在曙光下看得很清楚，在排列很多秩序的層層木櫃子中藏著，光線溫暖而清晰，而且到了對的樓梯往上看，可以從天井看到全景。

這麼多的層次……像廢墟裡一條中國的龍的圖案刻成的地洞，有很多爪子和鱗片的空間，但龍頭的洞窟看起來卻像在笑。

我在陰暗裡頭——雖然眼前是黑暗的，但不遠處有個洞可以往外看，有被干擾的感覺，但那裡不是房子，而是海，很不清楚的地方。

腳下是空的，是影子，是內心的狀況，但又消失了。遠方的景物也不清楚，睡著了常夢見喘不過氣來，因為喉嚨被塞住了，但又不知道怎麼了，好像血從裡面要噴出來，想到痛的地方很清楚卻又不痛。吞口水也看不到，但又好像有東西噎住了，沒有辦法，只能繼續躺著不動，所有的感覺很亂，都爬不起來。像身體腐敗到已經很爛很爛，四肢不能動但還躺在床上，一回神卻發現自己仍然躺在心理醫生的沙發上。

好像以前小時候看過的某照片中一個蛋裡有一個男人，很沒力地躺在裡面，全身赤裸，而且是個成人，我後來才知道那照片是超現實主義的其中一張很有名的攝影，但我好像一直陷在種無助的空氣氣氛裡有種深邃的感覺……走不下去了，也說不出來，不但有壓迫的力量，而且還有很細很細的周圍的吸住我的曲面的柔軟，像很多囊，會滴東西的臟器那麼柔軟，但沒有滴出來，我只是躲在裡面不想講話。

在天堂裡，可能是一直在移動的，但不是封閉的。但我在天堂二是可以衝關下去或瑣碎地聊下去的。感覺，和那群朋友在一起但後來卻是走向不同的別的方向，有人就走不見了，但剩下的我們幾個就更熟更親密了。

就像一起封閉在那陰暗的空間裡的感覺，但不再那麼害怕。

我就不再去看心理醫生了。

第二個故事
斷頭的小叮噹

難道她只是喜歡我寫的肉體的某種淫……我並不知道網上認識的那個女生爲什麼那麼生氣，她那麼不喜歡我寫的那些色情的故事嗎？她覺得病態的是，我的事，還是我的寫，還是我爲什麼不給她電話而只是寫。

（壹）

一開始是一個斷頭的小叮噹，坐在路邊，從我家旁上堤頂快速道路進市區的那高架橋上，車一開上去就發現了，在橋旁坐著，像一個嬰兒那麼大、絨毛玩具的，顏色有點髒，但沒有頭……

好像沒有其他的車發現或他們和我們一樣發現了也不能做什麼事……只能靜靜地，好像沒事般地從旁開過去……

「你說你最近作了什麼夢？」E問我……

E說：「你老是在抗拒。」

我說：「抗拒什麼？」

E說：「抗拒你做爲詩人，抗拒你做爲詩人的寫東西的方式……」

「你難道希望沿路兩旁的人們都喜歡你的東西……雖然，你已經把詩寫成廣告文案了。」

E笑著說：「或是把詩寫成色情小說……」

不，我只是以前「相信」用寫詩來接近這個世界是可能的，而且是可以努力「練習」的（像人可以「飛」這種事，關鍵不是在「練習」而是在「相信」），但現在發現了不可能了的……那種沮喪與不願承認。

「我承認早上我不喜歡看著鄰桌那個長得很醜的歐巴桑吃早餐。」我對E說：「我承認我因此換了座位，面向另一桌的吵鬧的美少女們吃早餐。」

坐在我旁邊的小白說：「你就原諒她們吧！因爲她們的大奶跟長腿。」

她們當然都沒有發現。

一如「沿路兩旁的人」……

我進來時，他們兩桌都看了我一眼（一個穿著納粹軍裝那麼挺那麼緊張的外套的男人和另一個他的面無表情的女友）……然後假裝沒看見地繼續吃早餐。

我作的夢比以前少很多，但最近發生在我身上的事都像夢一樣。

我最近作的夢都記不得了，或也沒時間寫。一個是昨天晚上的，場面浩大……一群人，我好像也是其中一個從森林裡走出來一整排，笨得像《魔戒》那種一字排開的嚇人行伍，但很虛假地壯烈……對了，因爲只有一排的人，所以應該比較像X-man，而且在這排全部都穿LV的人走向前時，一直受到攻擊，怪物直昇機和不明武器……但他們好像沒有閃躲，仍然背著櫻花圖樣的通訊裝備包挺胸向前走……保持那種姿勢的挺拔，成排成群的華麗好像比躲避攻擊重要。

像線上遊戲吧！天堂二的那種畫面的華麗。

只爲了拍劇照或預告片或MTV那種這種虛假的華麗，那是我想抗拒的，還是我抗拒不了的。

我並不知道網上認識的那個女生爲什麼那麼生氣，她那麼不喜歡我寫的那些色情的故事嗎？她覺得病態的是，我的事，還是我的寫，還是我爲什麼不給她電話而只是寫。

E說，「這有點奇怪，她應該就消失了，她應該是喜歡你寫成的某種淫。如果她不喜歡你的寫……就不會回了！」

「難道她只是喜歡我寫的肉體，但並不喜歡我。」

我的「寫」不夠淫嗎？還是不夠眞實嗎？

或一如E說，你應該試著給她電話問她。

我不願意只是簡單地解釋成最近我最害怕的「我寫的文案客戶都看不太懂這件事」的太

煩而看不到的事實……或許她只看上我寫的肉體，也是一件好事，或許我心態放棄我的「寫」就更好了……

E說，「難道『只是看到事實』這麼困難嗎？」

我說：「你說到要害了……我好像就是在躲避『事實』就只是『事實』這種直接與沒有再多一點的隱約迂迴的那種不甘願。」

像詩。寫一個句子時，不正是在爲難那個句子。

詩不免是爲難那個句子，或說，想說清楚那個句子的「事實」的所有改來改去……

但廣告文案不是這樣的……我知道。

或許我只是不願承認。

「你還在抗拒。」

「我喜歡。」

「你喜歡我的『不願意承認』，還是喜歡我的『抗拒』？」

我想到那個斷頭的小叮噹。

（貳）

小白說他也看到那個斷頭的小叮噹，在前往十八王公廟的車上，二〇〇三年最後一天晚上，很晚。

有兩個女的在追小白，他的朋友這麼說：「就上了吧！選大奶的或選長腿的，或兩個都上……」

小白是我的廣告公司的AE，跟了我做案子四年了……他長得很高很瘦很帥，開跑車，穿貴得離譜的名牌衣服，常被女生告白，要追他，也有男生因爲雷同的方式喜歡他……

我看到了一個沒頭的小叮噹，大概是從那天起就開始變衰的……

「我也看到了，但好像沒有人發現……」

「對！那天坐在我旁邊的那個長腿女生就沒有看到！」

那時候，我們的車已經開到金山附近的海邊了……由於有一點霧，兩旁的燈柱變得很淒迷……尤其前一段路根本沒燈，在黑暗中開了一陣子，而且並不確定走的是不是對的路……

突然看到那排燈柱……在一個彎道之後，遠遠的……像……參道。

是我說要去十八王公的。

也是E說的，而小白說，應該要去拜一拜，明年比較不會衰。

之前E說，那廟和小白的外曾祖父有關……或許，他是一個地方有錢家族的後代……記不記得他說他外婆還在基隆開委託行，二十幾年前就賣過LV。

我實在好累，現在，我還在寫「LV櫻花包新款上市」的文案，一些補充那廣告案的種種發生的不堪……而我還想把這些不堪寫成詩……

我也是衰的……至少我這樣認爲，因爲某些原因，當上了不想當的公司的「創意總監」，捲入當初不想捲入的陰謀、派系、鬥、權勢……而且之後和公司裡的人所有的關係都必須靠敵意來維持的……不堪。

也許只是我還在抗拒，還在不願意承認……還在逃避「事實」。

逃避到一個很陰的廟，很晚的夜，很長的路，很深的海邊，很早以前來過卻好久沒來而迷路的路上……

參道般的燈柱的光……引導著……某些不想捲入的更深的風景。

「公路旁海邊的浪已經聽得到了，」我打開窗說：「應該快到了。」

窗外是一條一公里長的很多店家像夜市……我們快速走過，我記得這個廟是二十四小時的，而且越晚越熱鬧……

拜的時候，有一個歐巴桑拿一張符和一包東西，帶著我們去摸著名的銅鑄的第十八王公的那隻狗，她說「摸頭可以……摸胸可以……摸腿可以……摸舌頭可以……摸身體可以……」，我問「然後呢？」

「然後給我一百五。」我楞了一下，只好掏出錢給她……

像這種不知道如何拜如何求平安如何動作的「楞了一下」的過程還是繼續進行，我們拿香、拿金紙、找好幾個香爐，在好幾個角落、好幾處神像、好幾間既像紀念品店又像神桌的廟裡……虔誠地拜拜……

和我多年以前來過的印象中差不多，但有些不太一樣，例如：狗的大大小小塑像越來越多，例如：拜的人比較少，攤販比較熱情，而風比較大……

大概是因為跨年的這個晚上吧！

來的人有點少，而氣氛有點怪……更重要的是……我是眞的來「拜」的，不只是像以前只是來看熱鬧，或學生時代分析市場問卷調查的好奇……

我已經變得「相信」也變得「不堪」，也承認自己必須要被保佑……地那麼累。後來我們往地下室走去，拜了那個燈火明亮但仍陰氣凝重的墓穴……（我想到我在當年去耶路撒冷時看到的某些耶穌和聖母瑪利亞教堂墓穴的陰氣凝重……）

但我眞的比較相信「十八王公」。他們那麼近，那麼多地靈驗……而我那麼地（在越來越近的現在）「願意」相信。

但我竟然去抽籤，想問的就是那個只看上我「寫的肉體」網路上女生的、和一直在出事的LV案的……麻煩。

四個擲筊沒筊……我還硬抽……結果是一支下下籤……楞在那裡……小白看我臉色凝重，叫我要不要去磕頭拜完再抽一次……

我說好，磕十二個頭，我重擲筊問「可不可以重抽」，一個正筊，再抽了一支籤，再擲筊「是不是這支，一個正筊……」

我再去拿新的第十六首籤時，聽到樓上大聲歡樂的喧譁倒數……

二〇〇四年來了……

我看了那新的籤文，是上上籤。

有種奇怪的「被保佑」的「僥倖」逃過一劫的「鬆了一口氣」……

但……回到地面，走進廟下的夜市去吃東西，叫了苦瓜湯、炒羊肉……米粉……三個人邊看電視轉播的各城市跨年晚會現場，張惠妹和馬英九合唱，我們有一句沒一句地聊：「到底要選大奶的，還是長腿的……」

但我突然想起E和小白在墓穴裡異常安靜，比我還緊張……他們雖然比我年輕平時看起來比我不在乎得多，但來到這裡遇到這種事，大概還是更不免比我希望下一年也可以有著雷同的「奇怪的被保佑」。

在玩笑聲中我好像聽到警笛聲……但我想我聽錯了……大概是電視裡演唱會的特效。梅豔芳死了，大家都很傷心，有人提及更多死去的歌手……張惠妹最後竟然唱起一首張雨生的歌，現場的歡樂突然有點僵……

我們吃完了，沿著夜市回去，一路還在嘲笑小白的因爲有二個女生在追他而還在煩惱的事……我建議走到夜市尾旁的海邊，因爲風景比較漂亮，除了看浪之外還可以看到在那裡夜釣的人。

但到了堤防上，我站到較高的地方，點了菸，卻看到了風景以外的更奇怪的事情，由於路燈光線不清楚，遠方公路的車開近時，有的路旁的間隔石礎會漏光出來，在霧氣中像是不明飛行物的侵近，但因爲我站的堤防還是太低，在公路路面下七、八公尺，根本看不到車身的快速穿過，只能看到光線在頭頂上不遠處的急速竄過，像極了某些恐怖科幻片的場景。

站了好一會，覺得該走了，但還是老聽到警笛聲，小白開了車，到了出口處不知左轉或右轉，我說「反正走錯了再回頭，先試試看左邊。」

結果，一開往前方不久，竟看到好多台消防車擋在前頭，正在對山坡上的火光噴水……

小白把車掉頭，從右邊開出去，更多台消防車！更多警笛聲錯車而過。

我們回轉，開到沿海公路，較大的路面，也就是剛剛我在堤防往上看的「遠方」。

過了一會兒，到了山的另一邊，一回頭才發現，那火比我們想像地大太多了……加上風很大，火勢已燒上了整個十八王公廟後的山坡……

而消防車從好幾面正在灌救，但山太高，風太大，火已爬到山巔往後燒去。

在公路路面上，好多車好多人都像我們一樣停下來看，有些還是騎機車隊的學生們。

「好美……」他們說。

小白拿起數位相機一直拍照……

我也跟著拍。「好美。」我說，對著滿山遍野風強火勢的越來越大，心中感到一種奇特的「美」的華麗感帶來的壓迫……

「該走了。」

「這種火燒山式的『跨年晚會』的華麗眞難忘。」E和小白他們在往回開的車上開起玩笑……

我卻又想起那支下下籤，與那個教我們摸狗銅像的歐巴桑的口訣……與那個……沒頭的小叮噹。

我不知道「跨年」是什麼，也不覺得去跨年是什麼了不起的事……雖然當年我眞的去紐約的時代廣場，花了八小時才混進去，經歷了千辛萬苦才看到那著名的世界級的數十萬人的全球最大的轟轟烈烈……卻沒有這種火燒山式的華麗那麼難忘。

「跨年」……我不知道，怎麼去面對……

但事情發生了……卻如此華麗，如此美地不尋常。

如此陰森……

更離奇的是……回家之後，當晚一直到第二天，第三天，看電視都仍然在報跨年晚會，甚至報紙都沒提到這場大火，在十八王公廟上空，我仍記得很清楚，那天晚上山後頭那麼急那麼大的火勢……

我問E和小白，他們也沒看到任何關於那場火的消息……

一如我，也帶走那支下下籤的籤紙，厄運留在廟裡，廟後的山……

我們逃走了，一如頭不知掉在哪的小叮噹……一如二〇〇三年的消失。

E的天堂筆記（壹）黑妖

這是我第一次玩線上遊戲，一開始選角色是件極困難的事，如果只能「玩」一個人物的話，因此我好認真好認真的想了三天，終於決定女黑妖，因為她的身材實在是太好了，又是黑暗系的，一點都不良家婦女。

海拉誕生，「海拉」是我翻了一天英文字典才決定的名字——宙斯的妻子，其實取名字跟選角色是一樣地困難，對我而言，我把海拉當成是我在另外一個時空的化身，真實世界我沒辦法決定自己的樣子、自己的名字、自己的能力。所以我只能在這裡重新誕生。

E的天堂筆記（貳）紅人

黑妖的出身地是在像乾燥陰天籠罩的黑妖村，哥哥帶我解地圖的任務，拿到地圖就在附近的新手村打惡狼，突然間有一個「紅人」（那種亂殺過清白的玩家而頭上的名字就會變紅的人物）跑過來，我以為只要乖乖站著不動就沒事了，結果，沒想到竟還是被他射了一箭就趴，他還邊跑邊送一句「哈哈哈，愚人節快樂」，於是螢幕出現「回鄰近村莊。確定」，我只能在上頭打了「＝＝」，按了確定。這是我在天堂裡第一次死去。

第三個故事
爲主人過生日的玩具

E坐在我身上時，我很快就來了。

雖然我們已在床上互相舔了好久，也換了很多種姿勢做愛了好久，但我把E抱著坐到另一邊的長沙發上，讓她坐在我的陰莖上，但她上下地抽動我。

E很喜歡很喜歡這個姿勢，她說，她已經來了好幾次。我們依然全身都是汗。

「我先去洗一下，」她說「但，我還要。」

那是七點到八點之間發生的，我接到R的電話，確定八點過去和他開會討論廣告CF的事，放下電話，E撲過來，脫我的褲子，貪婪地含住我的陽具……

其實我等了她快一個下午，訂旅館卻一直沒有check in，在家裡想那個CF案子怎麼辦，想到快天黑了，就覺得要現場看一下。

其實我本來想第二天早上再去看現場，一個星期六的「假」應該要更像「假」一點，但因爲聯絡了太多人太多事都不順利，就只好邊走邊看……，更何況禮拜天可能需要重新再提一個案子給對方。

我覺得很煩，耐心都快用光了，雖然我知道，這種時候最需要沉住氣。

E說她好喜歡霹靂嬌娃，喜歡布蘭妮、喜歡在紐約在東京的日子……我們在床上看著電視亂轉，看到一個綜藝節目在訪問「台妹」，一些穿著很誇張說話也很誇張的以很「台」爲榮的女生正認眞地接受訪問。

後來她接到一個男生的電話，她有點猶豫，我勸她接，就在他們開始有一搭沒一搭地聊的時候，我故意低下身去舔她的陰戶，抓住大腿與臀部，用很誇張的方式舔她，使她不能專心講。

我注意到她因此一邊忍不住笑了出來，使得聽筒的對方一直在問她怎麼了。

我也注意到她穿很短的裙子，很性感的內褲，還很熱切地在打完電話抱住我。

其實我在開完會九點多回來時，躺在長沙發上昏昏欲睡，因爲整天都沒吃什麼東西，只在回來時吃了兩個麵包和一些點心……她正認眞地看著電視，我在她旁邊睡著了。還打起呼……奇怪的是，我自己竟也聽得到。

電視裡後來出現香奈兒當年被訪問的黑白畫面，她已經很老了，還是很尖銳、很衝動，一直罵，罵人、罵事、罵風格、罵穿迷你裙的人。

我安慰E說，香奈兒是一個很沒安全感的人，她太老了還死不掉……是個可憐的老太婆。「所以，她覺得穿迷你裙的年輕女人都很可怕也很亂，你不要太在乎！」

E說她在日本是念文學的，認識一個義大利男友，還認識很多個追她又不敢說的人。我跟E說她生日和F同一天，那天我和幾年沒見的F再見面時提到她好多次。

E說「你們天蠍座的都很可怕也很亂。」她星期五跟一個也是天蠍座的女生去聊天，聊得好晚，「她有一個已經有太太的男朋友在一起，還偷吃另一個也有女朋友的男人……是個演員，才二十五歲。」

「以前我們會一起去酒吧吊男人……」我說「你們好會玩，很可怕也很亂，哈。」E說：「以前的女朋友你最愛哪一個。」我有點遲疑……我回答每個人都不太一樣，其實我一直在想那一天晚上和F相遇時說的話。

「處女座不快樂的方式和天蠍座很像。」我說「但……」

其實有些事我不知道怎麼跟比F小了二十歲的E說，她已經是她媽媽年紀的人了……我沒有提到我和F去吃鼎泰豐，討論小籠包和泡菜的作法很久，一如過去，討論咖啡的道地、討論啤酒的泡沫……我們把東區二一六巷後頭一些我們以前常去的店又走了一遍，在熟的小pub又聊到二點多。

我對E說，當時很多事就是走不下去了，我當年去耶路撒冷前還陪F去開刀，那個很熟的外科醫生朋友還把她的割掉的子宮拿給我看，我拿著那個塑膠袋，看著裡頭那個還帶血的長肌瘤的過大變形的子宮……一直說不出話來。

後來我就去了耶路撒冷了，一個自己因恐怖分子事件也隨時可能會死去的外國，常常會想起那個手裡拿著的「帶血的子宮」。

「我們後來幾年就幾乎不做愛了，她因爲這個子宮的病而始終身體不好，一直在痛……」那是那幾年的事，離現在也快十年了……

「我想香奈兒是很不快樂的。」她那麼早就那麼有名，又那麼美。後來怎麼辦……我對E說。

其實F也是這樣的人，我沒有說，我始終還是覺得對不起她……但E提起L。

「和那個算命男人分手時被報復地很可怕，」E說「她的房間被用毛筆寫滿了紅字，像符一樣，而L的所有朋友都收到那個男人寄的很糟糕的恐嚇信。」L說她那時還很小但仍記得她媽媽拿給她看的那封信。

我已經好久沒想起L了，更沒想起當年L因那個男人而和我分手的事……當然我也聽說過E提的那件L後來很慘的事……但，我不記得太多細節，更不記得有個「被寫滿了字的房間」。

那時我們在床上躺著，沒有穿衣服，光線微弱，電視才剛關不久，我和E才又熱烈地做愛了一次，兩個人有一句沒一句地聊……不知道爲什麼，腦海中一直出現那我沒看過的「被寫滿了字的房間」；用一種很爛的港片、鬼片那種粗糙又恐怖地可笑的畫面出現。

記得我剛剛還跟E解釋台妹並沒有那麼糟，她們一輩子都活在長在台灣鄉下，某些E甚至沒聽過名字的小城市，一生來台北都沒幾次……只看《美人誌》和《蘋果日報》和錄影帶店的YA片……她們從來都沒去過紐約、東京，不像你，你是很特別的，很幸運地才能在那種地方長大……變成一個肉體和腦袋都已經很不一樣的人了。

但我沒有跟E解釋我其實也很「台」。很被過去發生過的那些又恐怖又可笑的事所困擾：雖然我依賴她的年輕、她的自由、她的性感、她的不在乎來忘記這些「一直在痛」的過去。

「這旅館好漂亮！我不知道台北有這樣的地方。」E說。我們在第二天早上吃早餐時，她很開心地說。

我坐在花園的樓前，看著樹下草坪中一個小銅像旁水池很緩地流動，有點恍惚也跟著E開心時，卻突然想起那個房間，被寫滿字的房間。

送E走的時候，我回旅館，在電梯裡看錶，剛好四點。那是一個以art deco的風格重新裝修過的旅館，有許多一九二〇年代的變形成垂直抽象水平狀的好壓扁的人物、房子、風景轉化成帶狀暖灰金綠圖案的怪調調，有點做作，但還算安詳……

我在四樓電梯口小門廳的椅子上坐了一下，有點不想那麼快回房間。很晚了，走廊很空、很亮。

那些抽象的變形的金色的人物與風景「顯得」很突兀。我想到庫伯力克的一部恐怖片叫*The Shining*，正是在這種安靜的只聽得到空調出風口聲音的地方拍的。

好像有什麼會隨時出現隨時消失……而我只能坐在那空走廊的椅上，像那些人物被壓扁的陷入那些風景的抽象中，遙遠而安靜地快喘不過氣來。到四點，我和E已經瘋狂地做愛六個小時了，兩個人都累得快走不動。但E說她明天一大早還要開會。可能我已經累到有點快沒氣了……只好呆坐在空走廊，看著什麼都沒有發生的現場的恐怖。

我就這樣開始了我四十歲的生日的前四個小時。

E在我們激烈地舔彼此肉體之間，還說起她有過一個也是天蠍座的大她十歲的男朋友的一些不太愉快的過去。

「每個世代反叛的方式不太一樣，你們用ONS的揮霍肉體來反叛，我們用shopping揮霍金錢來反叛，但這些都不是我們兩種世代負擔得起的。」

我看著床頭一塊把一棵樹刻成art deco的那種幻象圖案又漆成銀色的裝飾時，聽她說。你們「天蠍座的生氣都不說，弄到後來發作就不行了。」

「他後來搞上了我的朋友，我就和他分手了。」

E還說起她幾天前去美國出差的事，在紐約Chelsea買鞋看到的漂亮男生，在展場遇到的搭訕的討厭男生，意外因公在飛機商務艙在旅館總統套房享用的豪華。

我一方面爲她高興卻一方面想著自己的事，這十年我到底看到、遇到了什麼，從她那年紀的回國第一個工作的好勝過勞的困擾……到現在做了各式各樣的工作後的好勝過勞的仍然困擾。

「你到底快不快樂？」E問我。

「我……」有點遲疑。

「我想我是少數有條件去一直找『不快樂』來煩自己的人……」我說：「所以我應該算

是快樂的吧！」

我向E提到我的廣告公司，提到很多本來還蠻開心卻被我弄得很累的……種種案子，提到當年我和L的關係上的我的不安……像一台舊電腦跑不動新軟體，重灌重開機還一直當。

其實這一回激烈地做愛之後，我們就都睡了過去……她坐在我身上扭著她的腰，爲我特別穿的很性感的黑色胸罩很令我亢奮。我還是先舔她舔了好久，這房間的乾淨、素雅很令我們自然而然地舒服地吻了起來，在她離開台灣的一個多禮拜之前。

「你是一個稱職的玩具，我是一個爲玩具過生日的主人。」

E叫我玩具，我叫她主人……這是我發明的，雖然，只是寫 e-mail 時隨手寫的。

那時候我們還在合寫一個色情的場景「3P」「在廁所裡」一段小說裡的橋段……後來我們做過兩次愛，在她出國前。但卻沒有再繼續寫下去那個又髒又小的紐約的T吧的女廁。

我選 art deco 風格的旅館也只是在電腦上隨意挑的，本來還想去一趟台中，離開台北散散心，放自己一個生日假，或是，只是放空一天。

這個旅館名字其實只是一個印象，比較非主流不起眼……而有自己怪風格的店。

我並沒有打算再瘋狂一點地去一趟香港住兩天半島酒店。雖然也不是沒想過。

我也和當年的E一樣越來越無法忍受……自己一直和女朋友之外的女人睡。

一直有ONS的癮、有肉體上的不安與沉溺。

一直有罪惡感……有著自己無法面對的脆弱與逞強。

一定是哪裡不對勁了，我跟E說。「有一部叫做《烈火亞當》的電影，和《2046》一樣，說這種『不對勁』的脆弱逞強說得好細膩。」

男主角搞上了一個載煤船老闆的太太，一開始很祕密地偷情，後來男主人走了，他又搞上了太太的一個女的朋友，又被發現趕走後，再搞上另一個新房東的老婆……這些肉體上的沉溺與不安的情節源於一開始他失手殺了自己女朋友而發現屍體於河中，男主角一直良心不安。

整部電影都好灰暗好不開心，穿灰色的工作服在濁的河道搬零星的煤塊，天氣老是陰陰地或有霧……

我跟E說：「那電影裡頭在講一種最近好多片好關心的難過：一如你說的我這個世代的反叛。關於肉體，關於放縱，關於流浪，但這些都聯繫到某種更根本的不滿足、更根本的良心不安……

像《2046》裡那個梁朝偉，他的良心在《花樣年華》就用光了。

像我。

我好像在更久以前就用光了，直到最近才有感覺。

像E。

像她說她所難以容忍的……並不是肉體的出軌，而是一些人的更根本的「不對勁」。

我知道。

我終於走進了那個庫貝力克電影裡的恐怖，走進了四十歲這種「成人」必然的不安，走進了壓扁、做作的風景的抽象。變得好安靜、好亮但卻好空。

而我只能累地坐在一個不想回去的路上，看著走廊的盡頭，想起這些我這個世代的「反叛」的軟弱與裡頭看不見的恐怖。

什麼是生日，什麼是四十歲。

什麼是天蠍座，什麼是良心，什麼是良心不安。

什麼是老被不快樂吸引而也只能緊緊抓住自己的不快樂而不放手……

這些都是「成人」的特徵嗎？

我在旅館房間裡的浴室裡抽菸，在浴缸裡睡去，在BBC的新聞英文的餘音中發呆，在累得沒辦法寫東西的坐在房中書桌前。

其實我沒告訴E，其實我當年和L和F都談了好久好久一直沒辦法分手的事，我的罪惡感、我的歉意、我的難過都發作了，也在那時候就用光了。

其實，只是時間早晚，只是你願意承認或不願意承認的差別……你已經做了，只是沒辦法說。E這樣地揶揄我：「就像那時候我那個男朋友。」

「突然回想起來，我們分手前他就變得很怪，一直在修車，一直在手機沒電……」E說。

我其實覺得E在這種事上面比我早熟也比我世故太多了。

「我們現在這樣很好，我喜歡跟你做愛，但又不用有關係上的壓力。」

我還來不及回答，她又說了：「我們和別人上床不必跟對方說吧！……我會嫉妒的。」

「我跟你做好容易高潮，不知道爲什麼。」

我其實一直隱隱覺得不安，或許和E這種狀況是比較接近眞實的。

我想起E說的逃離。

逃離自己所習於的想法，習於的態度，習於的罪惡感，習於的逃離法。

但，後來也什麼都不想了，我只是把E翻過身來，從後面把勃起的陰莖繼續插入她的陰唇。

E的天堂筆記（參）怪物

「羽魁」，我的盟主，是在新手村認識的，多我二級，因為是新手所以他就帶我打，打到離新手村遠一點點的沼澤，當時我們是組隊，他說這樣練會比較快，於是他負責幫我開怪，然後撿錢撿東西，因為錢會平分，但寶物不會，這件事我一直到了很久才知道，不過他對我還是很好的，一直帶我到處練功打怪物組隊，這些都是我自己一個人無法到的地方。有次五人一隊到一個很遠的地方打怪，裡面的王出現了，開始攻擊其中一位隊友，於是我就一直追著那個王打，繞圈圈，這是我們講好的攻擊隊形，這樣才不會吸引一些莫名其妙的怪物，但是其中另外一個隊友被其他的怪物攻擊時我沒去幫他，我很難過也不知該怎麼回，其實我真的是太緊張的一直打，沒注意到其他隊友也被攻擊，「只喜歡打王嘛！」他就生氣地說，「你逃離不了怪物的！」

第四個故事
花嫁

就像昨晚看了一部名字就叫《一夜情》（*One Night Stand*）的電影，已經三點多了而且好累好累，還是硬撐著地看完。

在一個下雨了的晚上。好不容易……

天氣終於變冷了，上個禮拜的好天氣因爲沒心理準備，所以就浪費了，而且甚至還沒有好心情來面對……好奇怪。台灣一冷沒幾天那種好的天氣，那麼的珍貴；但就這麼糟蹋了。

這部片我想看了很久了，在租片的地方也看過好多次，都因爲各種原因沒看。但卻在這種沒心理準備的狀況下，看了。

裡頭有娜塔莎金斯基。她仍然那麼迷離，像《豹人》，像《巴黎．德州》，像《黛絲姑娘》，有種奇怪神祕的氣息，既是受害者也是加害者的曖昧，但仍是楚楚可憐的。而且她好久好久沒出現了。

而男主角 Wesley Snipes 也是我喜歡的一個演員，有質感也有矛盾……雖然他演了

《*Blade*》，演了許多科幻動作而有點浪費掉了地變紅成另一種很誇張的樣子。

但這部片裡卻出奇地安靜、緩慢，比一般文藝片還冷一點……故事雖然好美，但也還沒有太直接，有些得體的迂迴。

男主角從LA去NY看一個知道有AIDS的多年老朋友，但錯過飛機……巧遇了旅館裡的另一個女主角，因爲紐約大遊行，因爲去聽茉莉亞四重奏，因爲被搶，因爲胸上的鋼筆漏墨水……因爲坐在旅館大廳等人發呆，因爲是導演，因爲是得獎很多，因爲生活者是不快樂而沮喪、而焦慮……我都有過的角色或遭遇的相仿困擾。

那個後來死了的老朋友，就一直問他爲什麼不快樂。而他們是一起在紐約發跡的拍片的朋友……後來因故而分開了，而失去聯絡。

《一夜情》的做愛的部分很少，很暗淡。鏡頭一直跟著男主角的眼神，之前之後他的掙扎……一直很不色情。

好久沒看到一部這麼流暢、輕巧但動人地不沉重又那麼切題的片了。

我想到更多和我有過ONS的人……我好像也一直像男主角那麼被動、猶豫而且不快樂。

他的太太很強悍、很好看、很主控全局、很精明、很愛說明、上床很主動，也很清楚喜歡什麼姿勢，動作也可以邊做愛邊說的，還是華人演的。而和他有過ONS的娜塔莎金斯基卻是德國人，火箭動力學專家……很沉默、很遙遠……

我不太願意印證自己到裡頭太相似的遭遇與人物……有些啓示什麼的。

但我的確從裡頭得到好多共鳴，遠遠不是「電影」的，而是裡頭閃現的更多有意無意的暗示，我寧願說是紐約的同「年紀」同「世代」同「業」……或是同樣「成人」的，更切題於我這禮拜的四十歲生日。

肉體使遭遇變得尖銳，他們彼此都結婚了，而重逢的場合是在老朋友病危的醫院病房。悼念的 party、吸大麻的歡樂與莫名的對死亡的抗拒與無力感。

我想起前幾天去參加的一個很親切的表弟的婚禮。

已經七十多歲的我阿姨一直跟我們解釋是因爲舅舅太「愛面子」才會把場面搞成這樣。我看著我阿姨的臉，她現在的長相就跟我小時候開始有記憶時我外婆一模一樣，甚至跟我媽在快十年前快去世前的面孔是如此相同……我們好久沒見，坐在同一桌，她很開心地和我說話、敘舊；問我爲什麼還不結婚。

突然，燈暗了下來，主持人用流暢但做作的說詞介紹人，一邊冒火、一邊遊行的出菜的行列，與舞台上極誇張的燈光忽明忽滅……甚至，引領隊伍的兩個穿西裝的人，還拿著兩柄冒著火的長劍在胸口，偶爾大肆地揮動。

我看著我阿姨的臉，卻聽不到她說的話，很大聲的女子十二樂坊那種半中半西的自以爲時髦的演奏曲使全場的氣氛沸騰了起來，我不知如何是好……

一直在想「愛面子」這個字眼，但我在忽亮忽暗的時候，腦中卻閃過表弟數年前用很不在乎的口氣跟我說有一回他去KTV唱歌，喝醉了和別人大打出手的事。

「現在偶爾鼻子還會流些奇怪的液體，有時候會頭昏……也沒什麼。」其實那回我記得是他被打到送醫院，嚴重腦震盪到病危了。

我一直覺得這個極瘦、極海派、極老練的大表弟的人生是不容易安定下來的，更何況他爸爸在退休後竟然開始和他合開起旅行社。這種種上下二代的故事更多，這些我不知道的也不爲人知的忽亮忽暗的事令我昏眩，一如這個婚禮現場。

一如這個爲「愛面子」的家長與新人用心經營的「花嫁」專業團隊的誇張……

我仍然看著我阿姨的臉，想到我去世的母親與外婆，想到這個新郎倌當年看著我拿出面紙擦著鼻子流出來的黃黃的好像腦漿之類的東西……

突然覺得他太太應該是像Wesley Snipes他太太那種那麼精明、強悍的人，讓這個年紀和我相仿而反叛與野也與我相仿的親人終於安定下來，不得不地……

「其實在這些親戚裡面，我最羨慕你。」大表弟送客和我握手時，偷偷地在耳邊跟我說。

我知道他因爲幫我辦過很多機票，知道我這幾年常在國外跑來跑去，知道我一直在換女朋友，一直頂著像廣告創意總監的頭銜在外面走動……甚至，我父母去世得早，也沒有長輩「愛面子」的問題……

但，這是他想要的嗎？

或說，這是我想要的嗎？

我想著他閃爍的眼神，也想到《一夜情》那片裡那個因AIDS死去的朋友的眼神。我看著更多同桌或鄰桌的表兄弟姊妹，他們都已是一家人了，帶著先生、帶著太太、帶著一直在跑在鬧的小孩，和我們交換名片，且補充二年多以前上回見面的另一個表弟結婚婚禮之後的事……很禮貌、很客氣地打招呼……

這兩年正好是我當上廣告創意總監的變化最多的兩年，正好是我開始以ONS來取代關係、取代愛情、取代伴……的冒險的反叛的開始。

我想我表弟他在台北也玩了快四十年了，還做業務、還當老闆，他應該比我懂，他應該比我更早熟，比我沒有包袱……

從畢業就開始工作到現在……有一段時間一定喝到爛醉才回家……那麼野的他。

我不但不會和別人打起來，連KTV都很少去，酒都很少喝……

那ONS的反叛算是什麼？或偷偷地，我的親人們他們是怎麼偷渡他們對人生的厭倦與不快樂……這些都不會在打招呼的時候說的。

我看著那些桌那些我的家族的臉孔，想到從前和他們一起長大的好多好多事……

我是怎麼長大變老成這樣子的？我也不清楚。

只看到那兩柄冒火的長劍，仍在黑暗中揮舞著。

E的天堂筆記（肆）裝備羅馬劍

「羅馬劍」，天幣六萬商店價，那是我第一個目標，存了好久終於以一把四萬五千玩家價買到，我很珍惜，從十六級拿到二十三級一轉後，跟隊友去水底城打怪物都不敢講話，很安靜地，因為他們的武器隨便一把都是陸拾萬以上起跳。

「海拉，你拿什麼劍啊？」其中一位隊友問。

「嗯……羅馬劍」我回。

「＝＝」

「＝＝」

「＝＝」

「＝＝」

「＝＝」

結果螢幕上出現了好多表情符號。

當時羽魁馬上幫我向盟友買了一把五萬元的盾，從此大家就認為我是他的「婆」，好廉價，但，我當時卻沒有當場反對，只是安靜的看他們打我的名字是：「嫂子」。

「旋龍」，一個奇怪的玩家，在路上遇到的一個陌生人，他突然叫住我然後說「你身上的衣服是什麼？脫下來給我看。」我猶豫了一下，因為有很多騙人的玩家。一開始我曾被騙過，某位玩家開了一家商店，店名是五十元便宜賣紅水，我很高興的馬上點頭交易，也馬上跟哥哥講，但結果我的紅水全都不見了，以廉價的五十元全賣出了，因為我沒注意到他其實開的是買的商店，雖然他的店名很故意的取「五十元便宜賣紅水」。於是旋龍這位奇怪的陌生人又說「別擔心啦！我不會騙你，你按交易脱下來給我看，但不要按確定就好了啊！」，我想想也對，於是我聽了他的話，他看了看之後，竟把普頂的裝備（一轉之前最好的裝備）全給我，不收一毛錢地免費送給我，真是奇怪的好心人。

當然，我把旋龍介紹給哥哥認識，旋龍還教我們怎麼賺錢怎麼升等怎麼……的好多小撇步，當然，旋龍和哥哥成了一個奇怪的莫逆之交，為了怎麼玩天堂二而常常講一個小時以上的電話，他住台中，我住桃園。

旋龍他真實的家裡經濟並不好，母親住院，爸爸早不在人世了，他説他上班、下班都很乖，只有玩天二是他唯一的時候可以拿劍出來砍人。

第五個故事 2046火車上那反應遲鈍的機器人

我甚至沒有她的電話，只有一個網址。

在二十年以後重新遇到E的現在，其實是我的人生的一個陷落的時候，和二十年前的陷落不太一樣。

雖然，我並不覺得這是巧合。

但即使是巧合，這種陷落或許對我們這種人的交情是好的。

上一個陷落是我在服役的時候，是我在和初戀女友分手的時候，是我完全不相信女人的時候，是某種自怨自艾與更多可笑的自憐的時候。

寫信給她本來還因爲那個女友L，她弟弟是L的家教學生，我放假的時候陪L去上課或陪E和她弟弟一起去玩……其實，那已經是二十年前的事，好多情景都已記不太清楚了。可是我仍記得，我們的交情好到我幫他們一人刻了一顆印，很小很細的印章。

如果那時候我和L沒分手，或許，我們仍會偶爾見到面，或保持某種連繫……那種偶像劇式的……一個阿兵哥、一個英文家教女老師和一對姊弟……不感人卻有意思的故事。

但L後來和另一個大她很多的已婚香港算命先生在一起，很戲劇化的和我分手……像八點檔的肥皂劇那麼很激烈地……

其實，那時候到底發生了什麼事，多麼地激烈，我已經記不太清楚。雖然我記得有一整年我沉淪地很不堪……但是，有些原因並不是她的變心或外遇之類的事，而更多是一個懦弱的文藝青年初戀失戀的自殘，或是一個低階軍曹困在遠方的怨艾……

現在想想，L也不過是想要試試自己的較準確較鋒利一點的人生，她離開的不只是我，還有她的台南的過去、家族、雙親……和馴良的身世……

我在十年前還找到她一次，她已變成一個專業的卜師了……（至今，我都還沒辦法想清楚這件事），而且聽她的話去安太歲，渡過一些劫數……之類的事。

也更想不清楚L和那算命先生後來也分手，而且分得好慘的，我輾轉聽來的另一些訊息，一些我們共同的朋友，甚至我姊都說的……E曾和我寫了好一段時光的信，那時她還好小，但我喜歡她寫的某些奇怪的早熟的東西，怪的句子、信紙、信封……

後來呢？

我第一眼就認出她來了，過了二十年，她改變並不大，有點憂鬱、溫和，有教養的家裡長大的孩子。

雖然我有點遲疑，那天。

那天還遇到另一個大學時代的朋友，詩社裡的另一個社團裡較淺的交情的往事中的一群人的其中之一……

E的網址是她給我的。

是我主動寫 e-mail 給E的，總覺得有些事在心裡，想跟她說……想不清楚的。

e-mail 的距離恰到好處地拉起來我和E的距離。拉近了又拉遠了。

我反而更喜歡現在的E，她背著LV包聽 ipod，但穿得低調簡樸……臉上有倦意……

我的倦意更深。

我還沒跟E講，過了這麼多年，我的後來女友們，也留下一些 relationship 的不確定的仍然困難。

E說她在日本在紐約念書念了好久，遇到好多人，困難的好多的 relationship 老會失控……

我說我喜歡失控……

我會在 e-mail 裡寫的都是英文，所有的情緒，所有的害怕、成熟、珍惜、懷舊都變成另一種語言，變成鍵盤打出來的，Yahoo 傳過去的……很拘謹的句子……

即使我在這些很拘謹的句子裡和她用一種較可能失控的方式在更深的心底打量著……

我寄了很沉重的我寫文案寫得像詩的艱澀筆記，迂迴拗口的或拘泥形式的出國時寫的某些雜感雜文雜敘……給她……

爲了不讓她覺得我那麼無趣那麼沉重那麼緊張於「中年危機」式的「人生」的這時候的「陷落」而變得太客氣太拘謹……我同時開始寄我的ONS的日記給她，開始暴露我的一些更不堪的另一層面的放蕩與沉淪……

像周慕雲聽到隔壁2046房裡那個王菲演的女孩，用另一種語言依依吾吾、自言自語的那種憂鬱……

但E說我的ONS日記像她喜歡的電影。

如果我在紐約的那一年就遇到也正在紐約的她，我們會怎麼樣……

我們會更客氣還是更放蕩……

如果我們是在前往2046的火車上遇到的，那反應遲鈍的機器人是她還是我？

我想是我……

e-mail 使所有的色情、所有的憂鬱都變得那麼拘謹、客氣……

我的倦意可以更深，她不會發現。

她的「可能是同性戀」的更深更靦腆的情緒，我也不會發現……

但她是知道的。

我的淫亂一如當年只是一顆很小很怪的印章，那麼拘謹。

E的天堂筆記（伍）開怪

「光」，是哥哥的一位朋友在人類村莊認識的，有一次他的武器被騙了，只是因為有人想買他的武器請他丟在地上讓那位買家看看，「光」照他的話做了，結果那個買家撿起就馬上離線的一去不回頭，而「光」在原地等他上線，等了好久始終都沒上，因此我們給了「光」一面盾及一把劍，他感動的從此以後跟我們很要好。「光」練功的速度比我們快，因為沒工作的整天都在玩天二，二轉也是「光」帶我們跑遍整個地圖及任務，其中一個任務是要收集雄蟻的毒，別說進去蟻洞內部找雄蟻單挑了，光是在洞口附近就足以被一群兵蟻圍毆致死，於是「光」開怪（也就是邊抵擋邊殺怪物的意思）掩護我一路衝進蟻洞。殺了不知多久……

第六個故事
那個又小又髒的紐約的酒吧洗手間

我突然懷疑起我們是否在舔同一個人，是否在感覺同樣的濕與淫，這裡這麼小，我已經越來越分不清誰的手、誰的臀、誰的衣著的滑過……但，E的手突然更用力握住了我勃起的陰莖，我差點痛得叫出來……

昨晚買了《2046》的CD，整個下午都在放，那種有些沉重又有些委靡的感覺一直重覆著……

像陷在那裡……

二〇〇二年十二月二十四日晚上，所有總公司廣告國際年會party的朋友決定一起吃晚飯，再晚一點然後找個地方喝酒……其實紐約已經很冷了而所有的人都因爲離家太久、太遠而顯得好鬱悶，幾個各國來的女創意總監都穿得好性感華麗……在昏暗的lounge bar沙發前，慢慢跳起舞來，女生和女生，澳洲的和義大利的那兩個女創意總監貼在一起，好黏、好放蕩……我突然想起來上個禮拜的那個更黏更放蕩的畫面。

在那個又髒又窄的洗手間裡，E變得很大膽，她把A壓在牆上，右手伸進她的襯衫的鈕釦縫中，而舌頭已然沿著A的耳旁又濕又慢地滑動。其實我還很緊張地打算翻身去把門鎖好，但那有點舊的門栓顯得不太聽話……E竟然把另一隻手放到我的胯下，越來越讓我勃起，但又無法動彈……但我聽得到A的喘息，而且我的腿其實也貼著她的腿，因爲E把她壓在牆上掀開她的裙緣一點點，但我仍可以瞥見她的白皙的修長的腿滑出來了些，我用我的腿靠向她，A哼了一聲，然後呻吟了起來，我不知道她是因爲E還是因爲我，但她顯得很陶醉……因爲我感覺到她的手移到我的臉龐，食指撫過我的頰、我的唇然後伸入我的嘴裡，我舔A的指稍時，看到了E在舔她的蒼白的頸……她好貪婪、好黏……

我突然懷疑起我們是否在舔同一個人，是否在感覺同樣的濕與淫，這裡這麼小，我已經越來越分不清誰的手、誰的臀、誰的衣著的滑過……但，E的手突然更用力握住了我勃起的陰莖，我差點痛得叫出來……

她其實是隔著我的褲子握住了勃起的陰莖，整個手掌圍繞在龜頭下的莖狀部位……然後用她的乳房貼著我的背，慢慢地摩擦著滑動著……

我把右手伸向我的看不見的背後，摟著E的腰，然後慢慢滑向她的臀，好尖挺的臀……

我用手指頭緊一點地捏她的臀，彷彿要陷進去了……她卻突然轉過頭來舔我的右耳，低聲說：「想不想幹我？」

我看到那兩個女創意總監貼著彼此，後面那一個用豐滿的乳房頂住前一個較高較瘦的女生，而前一個則把雙手後放環在後一個女的脖子……她們好自在地跳著緩慢的舞……我卻一直因此想到那天和E和A那色情的場景。E去吧台點了 Magarita 而A把 Taquila 潑去她胸口，她們的眼神其實已經做愛很久了，兩方用一種注視與故意輕忽的勾引對方，即使A是和她女朋友來的。

即使E是和我來的，我們更早的幾天前在 meat market 相遇，她答應要帶我去看紐約的 lesbian bar，我說我要看她多像紐約人了，但我沒想到我們會遇到A。

她說她要試給我看，她走向A，兩個人好像著了火一樣……

我是在一個成人網站遇到A的，她是個獨立製片的導演，但我們是因爲某些更黏更放蕩的原因而相遇……曾經在那些寂寞而苦悶的晚上熱烈地做愛過，但卻不常見面，更沒想到會在這裡遇到她……

E說她常來這裡找對的人，我問她什麼是對的人……

她說她知道……

我說，然後呢，她說她會帶她的對的人到那個又小又髒的廁所去……

我說，你要不要試試那個女生，我指著A，「她很『對』的，」我問她「你覺得呢？」

E眞的認眞地想寫那色情小說，我沒想到。

她提出好多好色情地好棒的想法，3P，在紐約一個女同性戀的酒吧，在後面一個又小又髒的洗手間裡，和A，我們三個人在那裡偷偷而激烈地做愛，但離開出來後，又必須假裝若無其事，因為A的情人還在吧台。

或許，我只是想要和E做愛，所以我用和她一起寫色情小說來當藉口來接近她。

或許，我只是想要欺騙她，我還是色情地那麼很有活力很有意思……地年輕著，其實，萬一她答應要和我做愛，搞不好我就逃走了。

或許，我只是想找一種和E說話的氣息，一種口吻、一種著迷、一種渴望……雖然對焦有點難……

寫那色情小說或許是一種對焦方式。

我應該要再不著急一點。再不認眞一點。

不要期待什麼一定會發生地那麼……

當E拉下我的拉鏈，把整個陰莖握在她的又暖又緊的手裡時，我感覺到一種前所未有的期待終於要「發生」了……但她並不知道。

已然從牆面翻過身來的A也不知道，她們兩個人瘋狂地舌吻了起來，A雙手捧住E的臉頰的純眞，持續地深情地吻她，顧不得E的另一隻手已滑入她裙的深處，而且還開始一進一出式的抽送起來，我覺得龜頭的勃起完全被E的手掌所輕巧的熟練的安撫著，也發現自己的手竟已經也從後面摸到E的大腿末端，沿著濃密的陰毛滑入她早已濕透了的唇緣……

我想跟E說，我從來沒有跟別人一起寫過小說，更何況是色情小說，還是3P。而且寫故事怎麼可能沒有「期待」，沒有期待就沒有發生的……我是個頑固而老派的寫東西的人，相信故事應該有啓示（即使是越隱約越迂迴越好），應該會發生一些讓角色期待的事（無論是不是認眞或著急），應該有著對人生的再難一點的「渴望」與「著迷」在裡面，但我從來沒想過「有趣」，沒想過「不期待」，沒想過只要一種「口吻」就可以開始的寫小說的氣息……

但，當然，現實總是在寫小說還沒對焦以前，就已經發生了……現在，我只需依賴我和E用 e-mail 說話的氣息，就可以開始寫了。

當然，A的出現進場仍然需要潤飾，我和E和A如何一起擠入洗手間還需要更多一點的交代。

例如，我其實已先和A打過招呼，甚至和A提過我會帶一個女孩來這酒吧找她，而她必須假裝不知道。

例如，我也到吧台附近去，在人群中若隱若現，還故意推A打翻酒杯弄濕E的胸前。

例如，我已經先躲在洗手間裡，準備更多的「氣息」更多的「不小心」來讓3P這種必然是「高潮」的橋段「發生」……

但我卻只是一直在寫那又小又髒的洗手間裡發生的細節……

我竟然完全不像我所想像的自己那種老在想「啓示」想「人生的困難」的那種作家，而完全只著迷於更多更色情的動作與效果……

「我的手指滑入E的陰唇時，一點也沒有困難，因爲她已經濕得很離譜，有更多淫水一直流出來，何況，她還故意微微扭著她的腰來配合我的愛撫……而A竟然在舌吻後，更誇張地舔起E的乳頭，那又紅又腫的乳尖的抖動，使E竟忘情地呻吟起來……我抽送我的手指在那濕透了的甜蜜的通道裡，她呻吟地越來越大聲……即使聽到有人在外敲門也不在乎……我突然感覺到自己所期待而始終沒有過的放浪與淫蕩與眞正的不在乎眞的『發生』了……

「那種完全的肉慾的黏稠，環繞在又小又髒的空間而反而激發的亢奮『對焦』了我們的色情，我發現E突然流出大量的淫液，在她浪叫地最大聲的那一刹那……『高潮』發生了，她抽搐著，緊抱著A和我……」

寫了前兩頁 e-mail 的第一次的那篇故事的開頭，本來是發生在我紐約開會睡不著的深夜，但E寫來她的腳本則希望有第三個角色A的出現，而且是由她和A開始的，在女同性戀的酒吧……

雖然A是出現在我曾寄給她的一篇我的ONS日記裡的角色，但她說她喜歡這個角色，想把她寫進來。

我眞的沒有和別人一起寫過小說，其實我不堅持角色，也不堅持地點，甚至並不堅持一定有什麼情節要「發生」……我的這種業餘的小說一向是故事自己來找我的，虛構的部分通常是比較其次或依據「啓示」調整修飾回來的安排，所以，E的色情，E的大膽、激烈，使「我們」的小說比「我」的小說要更容易有對焦……更容易「發生」。

那一個下午，我在家，跟著她提的英文的故事大綱寫了再多的兩頁，在又小又髒的酒吧廁所裡的部分的色情，然後很快地就寫完又 e-mail 給她，其實我並沒有告訴她，我一邊寫一邊手淫，右手寫著歪歪扭扭的字句，左手握著又硬又濕的陰莖……

我問她下班後有沒有可能見面一起再談談小說，可能的繼續「發生」，但後來發生些失誤，我們並沒有聯絡上，我突然想到《2046》又想到《花樣年華》的某些雷同差錯的美感，卻不失望，我並不知道這小說或這些e-mail的「期待」，但我其實對於E有些連我自己也想不清楚的期待，或許是一種不清楚的對焦方式，或一種不著急的「發生」的等待……

雖然我不免想和E做愛。

爲了小說?還是爲了色情?

還是爲了僅僅地「對焦」。

我突然想起那個又小又髒的紐約的酒吧洗手間。

E的天堂筆記（陸）中毒

「111111……」連續打數個1，代表「我中毒了需要法師趕快解毒」，這是收集蜘蛛毒囊時發展出的一種術語，因為蜘蛛會放毒，中毒的人會一直噴血，打字太慢，按1111是既快速又簡單的方法告訴法師「我中毒了」，當然，後面更發展出一套相同的術語，「33333……」代表被麻醉了，「2222……」代表睡著了，「5555……」代表跳舞，「6666……」代表唱歌，「9999……」代表救命。

E的天堂筆記（柒）險角

「險角」，危險的角色，這是他名字的由來，簡直就是笑死人了，險角也是一個夠義氣的玩家，他真實的身分是高雄理髮店的設計師，他的裝備總是頂級的而且不只一套而是二、三套，在某個時期他是我們的大哥，問他如何賺錢，他總回「奸商，不過現在奸商也不好當了，因為大部分的玩家都已知道這些花樣，沒有什麼險招可以用了。」

第七個故事
K會讓你的邊消失

最後一個畫面是我跪在馬桶前吐了，因爲閉著眼……而半爬起時，就按到沖水鍵，所以當眼睛張開時，那些可能是醜陋的嘔吐物已然不見了，只剩下一個圓形的尋常的馬桶底的水面……好像什麼都沒有發生過。

我叫他H，腦科醫生，當過有氧體操教練，玩過音樂，甚至當過專業DJ，從學生時代就已經是學校的風雲人物。

H是我的很多事的啓蒙的朋友，從當同學的那個年代到這個年代，我們保持斷斷續續的聯絡，也一起或分別經歷過更多的事，但我第一次知道可以去買自己想要的衣服，第一次知道可以去留意自己想要的香水，都是因爲他在那個年代帶我去找的……

「你不願去做不完美的東西……所以上不到女人……不對，你在這幾年來淫亂的失敗不是你太認眞做創意總監，而是你沒有足夠的自信去面對。」H說。

「你不知道怎麼去面對上過之後的關係，面對上過的女人或上過後的自己。」

H沒有令我失望，他仍然可以用他的永遠比我更早熟的世故來提醒我，一直到現在……已經不再是早年那些「事」的簡單啓蒙式的告知。而是更進化了的「麻煩」。一如我在他家客廳聊了一下就聊到了我的「忠貞」的困境。我跟他說，這麼多年以後我才發現我不過只是一種進化沒有成功的生物，一個未upgrade到可以連接後來周邊支援新的設備的硬體，雖然明明可以跑，也已經在跑「新的程式」，但還不願接受也不願承認地「慢」，隨時打算「自己重開機」重來，眞糟，但更慘的是，或許問題是在軟體，一開始我的腦的程式就寫錯了……因此變得如此困難。

「我沒辦法接受我女朋友有fuck buddy或有一夜情」，「我也沒辦法接受我自己有……雖然我眞的已經有了。」

H說：「你覺得什麼叫『完全地』擁有對方，那是不可能的，你知道嗎，就算你完全擁有她，那也只是因爲她願意讓你擁有。」

我一直點頭，也一直皺眉頭。

後來就一直抽菸。

在他那全素全白的客廳，五十吋的液晶螢幕，巧思陳設的白CD架、白沙發、白地毯、白茶几、銀音響、銀擴大混音器……他說，「你要不要試試K？」

他說K時，我突然想到他在二十年前，教我的好多事：在台中的一個百貨公司裡怎麼挑、怎麼等折扣、怎麼到哪一區、找到哪一類哪一牌的衣服的種種往事……

或在十年前，教我CK的香水比較輕比較新不像Dunhill像Joop那種老髮油式的令我吃驚。

「K」，「會讓你的邊消失。」

我說我先去上洗手間，然後坐回沙發的某角落，回想H在過去廿年用他那學生時代風雲人物的神采，文藝青年的氣質，紈袴子弟的海派，榮總醫生的權威，所帶領我去的總比那個「時代」再前面一點，再尖銳一點，再令我期待一點，再擺脫我那學究的好人家子弟的拘謹而進入下一個「時代」的印象深刻……

對了，「奶粉還剩一點。」他的住在一起的小他九歲的小男朋友說。

對了，我還來不及提到H是個gay，來不及提到我甚至第一次的「失身」也是他指點地方的，指點我和那時的女朋友去找hotel，哪一家，哪一種價錢，哪一種入門法……

在台中……在二十年前……

看到H我突然想起好多忘了的事……

但K讓我想起更多的事……

K比我想的更溫柔更緩……

「使你更脆弱。」H說……

我其實記得那時候我們所講的每一句話，我仍然清醒，也不會越來越睏，不像醉了。卻像一種早年的電動玩具或電腦game或電影虛擬的有點假有點做作的人工畫面的怪……加上

H關了燈，開了奇怪的投影變幻的會動的燈幕……加上Sade的熟悉而有點靡爛的音樂，就更爲慵懶無力。

我一直在找一些「參考點」式的辨識我還在那裡的感覺，有點蠢，但很眞實，閉上眼張開後，突然所有東西都變了，走樣了，柱子和樑和牆開始歪了、扭了，後來則是我和這些最根本位置確定的視野的線面的穩定……都融化了，對焦越來越難，變得模糊到不遠不近……我看自己的手，多厚多遠都感覺不到……

「你的邊不見了。」H說。

「你會脆弱到覺得需要抱住點什麼……」

我卻開始一直打噴嚏，一直冷了起來……

有種很裡頭的什麼突然鬆了……但也沒有幫忙改善了什麼或修理了什麼……只是鬆了，但卻仍然清醒。

我還記得H的小男朋友後來談多了，提到他也在天堂二的線上遊戲裡頭打過妖怪殺過人……「不用怕……像你這種廣告圈的有頭有臉的創意總監畢竟還是很脆弱的。」他說。

「我有點想吐是正常的嗎？」

H說：「嗯！」

不知道爲什麼我一直覺得很安全，但，我心裡也不免曾閃過一個念頭，暗自多疑地掛慮著，他們會不會就這麼上了我，而我從此變成一個gay……

「So what?」H在送我回到家下車時送我兩個字，他說：「沒有什麼事一定會怎麼樣。」我突然想起我四點離開，在那裡六個鐘頭裡他一直在幫我想清楚ONS的事，relationship的事……

「怎麼可能要求關係裡的對方不出去找人上？」

他很同情我……他說他都遭遇過，在他三十多場的戀愛中，他學到了不要預設任何目標任何規矩任何期待……只是看那時候能怎麼樣就怎麼樣……

說這句話時，H的眼神有點恍惚……我感覺到他一定也經歷過很多很多不像他跟我說的那麼篤定的分寸……但，和他比起來我的「關係」只是個位數。

我說：「對不起，好像叫你們成人來煩惱我這種小孩的事。」

H笑了，他還是那麼客氣，那麼像我記憶中那個文質彬彬的好人家子弟——穿著得體品味高雅的醫生。

你至少已經從「外遇」進步到「一夜情」……他說得那麼直接……我也不會因爲他的直接而難堪，卻因爲他的直接而覺得很窩心……

因爲太久沒有跟一個那麼老、那麼遠又那麼值得信賴的朋友說話……不用設防，不用修飾，不用客套……相對我現在廣告圈的工作、頭銜與周圍人事地物的緊張與小心……

K仍然在，但慢慢在退，我一直想要記住它的感覺，記住它的效果，它的在我的腦袋裡留下了什麼……

但，K什麼也沒留下……一如那個馬桶底的水面，那些我的「嘔吐物」般的心裡的「邊」突然化掉了，還吐了出來……

有些「發生」的，其實不需要記住……

只需要記住殘留的在全素全白的客廳沙發的那種我的「脆弱」。

E的天堂筆記（捌）秒殺

「莊強」，真實的身分是高職畢業生，準備考大學，但我並沒有跟他提起我也在準備插大，他喜歡常去飆車，但，我們是在打蜘蛛時認識的，因為練功地點一樣，等級也相近，所以我們幾乎都組隊一起打怪物，有次打豺狼時在同一個地方，一個有五、六根石柱圍成的圈圈，我們就這樣打了一整天，有時還會互相表演技能招式，有時累了沒血了就休息，吃飯時就一起掛網約半小時再一起打，但總會有別的玩家來搶地盤搶怪物，尤其是大陸打工團，莊強總會氣沖沖地跑去報仇，即使明知對手厲害到足以把他「秒殺」。

有一陣子莊強幾乎都不理我了，有時我幫哥哥練功，他也都不理我，甚至很愛嗆我，因為我開始閉關賺錢沒再跟他一塊衝等，在某種程度上算背叛了他，他很不爽，不過他跟哥哥倒是很好，因為二個人及險角共三人常彼此互相支援報仇，也常說一定要練得更強再找某某人報仇，即使三人常被「秒殺」。

第八個故事
那隻一直追著自己尾巴咬而很亢奮的豬

之一 豬

「你的症狀有點像我家的豬，他們發作的時候，會一直很亢奮地亂跑，咬著別的豬或自己的尾巴跑……」印象最深的一段話是這個，F說，她先生的病好了很多，在我問她的近況時，但接下去她卻講了這個豬的故事，使我不知如何是好，當然她說的是一種偏方的來由，那個養豬的朋友對她說的，然後把他們餵豬攙入的一種藥，叫她拿給她先生吃試試看。

我記得F的先生有很嚴重的躁鬱症，我們大概又好幾年沒見面了，上回她很仔細說過她的苦惱，面對著一個時而非常亢奮時而非常沮喪的男人一起生活，有著不為人知的困難……

所以我只是客氣地在我們聊到一半時問起他們的近況……

「那後來變成一種藥，他們成立了一個非營利組織在研究那種治療豬的藥而發展出來的新的『複方維他命』……」F說著「很貴」，一瓶五百美元，一個月要吃三瓶，一天要吃十八顆……而且不能一開始就吃到十八顆，要慢慢增加，我抱著一種好奇的心情在聽，但腦中不知道爲什麼一直在同情她說她先生的這種漫長療程的辛苦時，又老浮現那種豬在咬自己尾巴亢奮著的畫面……

可能因爲《神隱少女》的聯想，可能因爲F描述的方式有點不在乎的腔調……但我仍然覺得有點歉意……因爲我知道她先生的病不是那麼容易醫，甚至那麼容易談……雖然聽起來是「變好了」，但卻是用一種有點「偏方」式的荒謬在透露著……使我有點奇怪的恍惚。

其實我和F談了好久，談她的嫁到C國之後的生活，去紐約又去上海的某種新的「幸福」……用當總經理的精準與周全來執行當「家庭主婦」的專業……使她非常有成就感，使她開始消化兩、三年前經營公司的辛苦的副作用，使她開始讀《達文西密碼》重讀《玫瑰的名字》讀更多很大很難的英文書卻很開心，看《大長今》五十幾集（在上海看到都不想和朋友見面）……

我露出很匪夷所思的神情。一方面羨慕，一方面卻又覺得奇怪……

因爲我自己大概已經不太相信有人還會喜歡這些又重又大的東西，而且還可以用這種心情去喜歡。

對我而言，這些是想廣告提案的素材而已，是工作的該練習該面對的累，但我好久都不敢說「喜歡」這兩個字了。

這是我和F的在一起那時候最深刻的聯繫的一部分。但我們還是分手了，因爲我們的有些在一起的原因、條件已經改變了。

但後來還是發生了好多事，她變了好多，我變了好多，我寄我的ONS日記給她，說起我分年多年後的再重新開始了的一種我也還沒準備好的冒險……經過當創意總監這幾年的洗腦以後，好像有些事洗掉了而有些浮出來了……

她說了一種練習，「要給一個可憐的人錢的時候，會因爲發念到給出去的過程不斷的猶豫而經思想模式慣性的干擾，從給全身的錢到給一半到給一點而後來就只給了一點點……」

「有可能，發現自己的這種慣性，然後避開。」

我說我的ONS的日記有點像這樣子，因爲肉體比腦袋誠實，而且做愛使所有的事變得更親密更尖銳。

在更短的時間裡……我說「這是我現在唯一能寫而想寫的原因。」

「你還是跟以前一樣自私於你的寫東寫西裡。」

「不，我覺得寫以外的東西才是『命』的關鍵，寫只是在投射『命』的困境。」

我並不會笨到把ONS解釋成，爲了找寫作的靈感才做的冒險，也不會說寫是爲了補償ONS的愧疚感……而卻是因爲那些事逼我一定要把它們寫出來。

那是流出來的不是寫出來的。

「但，你爲什麼愧疚，對E、對感情、對關係，還是對你自己的『始終沒想清楚』的什麼……」

「對什麼?我其實還沒想清楚。」

「但你所做的，其實已經很清楚了，只是你要想辦法承認與面對……那可能只不過是定義的問題。」

「不要找藉口，你的寫只不過是你的逃避。」

但，我心裡卻老是一直想到，那隻一直追著自己尾巴咬而很亢奮的豬。

我是在練習我的誠實，但想到E，好像就覺得撞到了邊，不是因爲做愛，而是因爲寫「做愛」……更因爲她那麼不在乎。

她的從小奇怪的長大過程的不在乎與現在仍然的野……

那不是這麼多年來我所極力想擺脫的，一種爲在乎所困，爲乖所困……

我跟F說，「但我的誠實只能算是入門嗎?」她安慰我，「誠實已經夠難了。」

其實我記不太清楚那個有關豬的故事的細節，或許聽的時候就沒聽清楚。

例如:那故事是朋友說給F聽的，還是說給F的先生聽的，例如:到底是什麼藥或是什麼植物，而拿去研究的到底是F的先生還是他的朋友或更其他的人或單位都不清楚……

但我卻記得很清楚，F說一開始她有點急就一次讓她先生一天吃到十八顆，結果一個禮拜就又嚴重發病，跑了出去，一天花了二十二萬（不論是美金或C幣都是可觀的可怕）……但爲什麼我只記得這部分。

正如我並不記得E講的太多細節，但卻對她說話的模樣好印象深刻。她一點都不緊張，也不誇張，講到在紐約時跟人家睡就像跟人家吃飯喝咖啡差不多的口吻……雖然E常重覆跟我講同樣的事，甚至是同一件事……但我仍然爲她的這種奇怪的「自然而然」而有點吃驚。

原來行情是這樣，我在心底自己對自己說，E做的事並不特別，和我們差不多，但她卻敢說、也愛說，更敢寫成日記……用更不遮掩的方式……我突然想起她後來給我看一本她在紐約的日記裡的那些字句那些情節，旁邊還有照片，編排一如尋常的旅遊書。

但她把她遭遇那些人的性愛細節都寫得好清楚啊！

我一邊看一邊想她在跟我說的那個她和一個T在一個T吧的廁所裡一個小時一如「飛起來」了的那種瘋狂。原來我想寫的3P她早寫出來了。

爲什麼我亂寫的這還不一定寫得出來的小說就不能這樣。小說和虛構的關係？小說和眞實的關係？我的同樣那3P在廁所裡想像的做愛的遭遇要如何寫如何寫成「小說」，這些我都不清楚。

我又想到那隻追著自己尾巴跑的豬，但牠眞的是亢奮的嗎？

F說她這兩年過得簡單、平靜，也在練習一種她建議我也試試看的反省方式的「有效」：「只是每天反省自己那天發生的事有哪些是覺得不對勁，並想想爲什麼過不去。」

我想她是在說前面那種對「慣性」的思考的反動，是用來練習一種更有自覺的清醒掌握。

我雖然可以簡單地把這種「練習」歸納成一種較「新時代」的較「理論」的較「有閒有心」的說法的天眞，而懷疑她……但我沒有。

一如我也沒有懷疑E，懷疑她說的、寫的那些性愛的亢奮與煩惱是眞的還是虛構的。我只是在想爲什麼我想F和聽E時，一樣地覺得有什麼自己心裡的深處是過不去的。

而我的症狀依然還沒好轉，在和F分手後的這幾年以來，有些亢奮變得模糊，有些煩惱仍然尖銳。

我還是沒辦法跟F解釋「寫」這件事不都是「命」的投射，「寫」自己像那種要吃十八顆的從另一種動物找到的偏方式的藥。有沒有療效，怎麼吃，才不算太緊太急，要吃多久才會讓病好轉，都不清楚的。

甚至我也沒「寫」很久了。不必爲「寫」辯護的，也不必羨慕E的淫亂日記。「日記」我知道，但「寫」是什麼？

爲什麼要「寫」才是問題吧。

我又想到那隻追著自己尾巴跑的亢奮的豬！

之二　報應

「是報應。」

F說「而且是現世報！」

下午五點，我說「你那邊還是半夜吧！」

「晚上兩點，可是我睡不著。」

「爲什麼，今天好像是你生日。」

「對啊！所以有件事一定要跟你說。」

「先說生日快樂了。」

「今天我老公跟我說的話，就是當年我跟你說的話，太巧了。」她說：「太不可思議，完全一樣，他說了三件事，關於上床的。」

「你生日的三更半夜打電話來跟我說這個。」

「你就聽吧！我一定要說。」

「到底是什麼事。」

「第一件事是他說跟你做愛好像是色情片裡的狀態。」

「第二件事是你做愛的對象好像不是我。」

「第三件是你做愛時好像跟誰都可以一樣。你聽這不就是當年我跟你說的嗎？」

「眞的嗎?」我一直笑,爲了掩飾我的驚訝也掩飾我的尷尬。

「眞的是報應,而且說法一模一樣,這是怎麼回事,所以我才打越洋國際電話給你的。」

「那表示你現在身體狀態很好。」

「我春天回台灣的時候,我們來試試看好不好?」

「試什麼?」

「試什麼都可以啊!」

「性感內衣,按摩棒,滴蠟燭……或是綁來綁去的,你當年不是對這些很感興趣。」

「眞的嗎?你現在想得那麼開。」

「試試如何!你現在和E在一起沒有關係吧!」

我越來越覺得尷尬,那時候天快黑了,我站到那個咖啡廳的門口,看著遠方快暗下來的天空,持續地笑。

「你不要笑!」她用很認眞的口吻說著:「說眞的,我春天就回去了。」

「但我現在身體不太好了,」我有點遲疑地說:「而且,我春天有三個大案子,四月底還要寫出我那本上次跟你說過的小說。」

「跟我上了,你就會有很多東西可以寫了,相信我。」她不死心更積極地說「試試3P如何!」

我的心情很複雜,當年F說我和她做愛好像是色情片裡的狀態時,對我而言,是一種很傷很傷的指控……當年我們曾經是很好很好過的。

「這眞的是你嗎，我記得的你是很優雅很謹愼很文藝氣質很好的，甚至是，另一個廣告公司萬人迷的美麗董事長。」

「那時候我太累了，而且身體又不好，公司又太忙了。」

天已經全黑的時候，我突然想起來，當年我們的感情是如何這麼一點點一點點地淡去的。我也太累太忙於我自己的事……然後就不行了。

「我三年沒工作了，常常游泳，身材越來越好。而且你也知道我的狼虎之年發作得比別人晚，你知道的，我什麼都比別人晚。」

「我知道，眞的，你發育比別人晚了二十年。」

我回憶起我和F在一起的那幾年，她永遠比她眞實年紀看起來小二十歲。

「你要趕快練身體，我回去之後你要好好侍候我，老公跟我說這事時，我可只有想到你。沒想到別人。」

「哈哈！我眞是感到榮幸。」

當路燈開始亮起來的時候，突然，我想到當年，我們還住在一起的最後那段日子時候，有一個半夜我完全睡不著，到客廳去看色情片，很安靜的一個晚上，我握住自己的陰莖，在沙發上，正安靜地手淫，突然聽到臥房的門開了，F走出來，我楞住了，停了好一會兒，我不知道爲何，並沒有像以前一樣趕快按遙控器關掉電視……讓片子裡的做愛男女的呻吟仍然繼續低聲但明顯。

F假裝好像沒看過，上完洗手間，關了燈又走回臥室……

在依舊很暗也很安靜的客廳裡，我倒在那裡，陰莖已經完全無法勃起了，電視裡卻仍然還呻吟著。

我到現在還是沒有辦法解釋那晚爲什麼我不關遙控器。或許我已經太久沒跟F做愛了，而用這種這麼安靜的方式抗議，雖然我明明知道F是處女座的，是那麼聰明又那麼愛面子的，她是不可能忍耐這種事。

而我在那段日子正是廣告案最吃緊的時候，工作壓力好大好大，好些時候沒有手淫把自己最後的體力與焦慮消耗掉是沒辦法睡的。

就在那種我們彼此忙著彼此的事焦慮著彼此的人生不同階段的困擾時，我們的感情就慢慢地消耗掉的。

「慢慢的暗了下去，」我並沒有說出來。「再說你那邊就要天亮了，而且是國際電話。」我委婉地說了。

「你一定要說好，我現在穿性感內衣好性感。」

「這不是報應，是開獎。哈！」F說。

我依舊一直笑……

「你不是跟我分手之後就開始你淫亂的冒險……現在已經變得很猛很厲害了嗎？」

「沒有吧！我也只是試了試一些我的另一種的發育，也比別人晚的發育。」

「你不是寄了一堆你的和E的淫亂日記給我看。」

「但是那些都是很緊張的。」

「你可以把我們也寫進去，應該會很色情吧！」

「我該好好練的，好像不是身體。」

「你不要緊張，像你說的，你應該覺得是得獎了。」

「哈！哈！」我仍然苦笑，「眞該謝謝你！」「你還是處女座的，還提出這麼淫亂的要求，眞的是個很難得的獎。」

我一邊說，心中卻在暗下來的咖啡廳外頭一直浮現那個暗下來的客廳。我想到我和F在一起的大概十年前那時候我還年輕，剛進廣告公司，剛拿了第一個大案子，得了第一個廣告文案獎……和她一起去了很多國家的第一次的旅行，吃了很多回第一次試的奇特的餐廳的料理……我們甚至在家裡養了第一隻狗，是約克夏。

我在那個家的那個客廳還曾經抱著那隻約克夏在胸口一起睡著過，第一次，是在一個週末的下午。

但那個我們一起睡著的沙發，也是我看色情片手淫的地方。

在那裡，發生過很多很多的事。

後來，那隻約克夏腿斷了，F太傷心，把牠送人養了……我也好久沒想到那時我的傷心。

不久，我們就分手。

我想，不只是因爲小狗也不只是因爲那晚發生的事。「後來我子宮肌瘤手術後，身體好像醒了過來一樣，那時候太常常痛了，完全沒辦法做愛，你還眞可憐。」

「現在你不用因爲這樣回來報答我了，你又嫁了老公在C國過著很幸福的日子啊！」我說，雖然我腦中閃過：她手術後，外科醫生拿著那還帶血的子宮給等在外面的我看，「要不要拿拿看，還熱的。」我接過那個封得不太密的塑膠袋，手有點抖，看著上頭那器官上的血，一直說不出話。

過了不到三個小時，送還昏迷的F進病房後，我到機場了，趕上了公司派我去耶路撒冷的飛機。

我不知道我的人生已經走上另一條路。

E的天堂筆記（玖）變心

A，一個根本不用擔心賺錢問題的女孩玩家，因為他男友早就幫她存好所有裝備的錢了，所以A玩得很隨心所欲，說穿了，玩天二只是她用來打發時間找人聊天的遊戲，沒有那種要變更強更厲害的目標。

三十歲的A交了個二十五歲的小男友，目前二人同居，她很想結婚很想生小孩，但男友想專心拓展家族馬達事業，所以A很擔心很沒有安全感，所以必須常被強迫性地聽A說「我男友會不會變心、我們會不會有未來……」等的焦慮，而我也只能不斷的安慰她。

也沒想到後來竟會在上太空的時候遇到她。

第九個故事
後來那兩個面具

那時我們還沒一起去威尼斯，但彷彿也到了某種盡頭……

「後來那兩個面具呢？」E問著。

那時候天已經亮了，房裡厚重窗簾還拉著，仍然很黑，仍然透過縫有些光透了進來，但房裡還是暗的……

在全黑的時候說話好溫暖好黏稠……何況我們還抱得好緊好貼，雖然她說她來了兩次而且走進浴室時腳都還發軟……而我還從K的藥效中慢慢退出來……

「故事要從文藝復興的威尼斯說起，有一個輕佻的王子想向一個美麗的塔羅牌女巫請教『口交』的祕技，卻又不敢明說，只能支吾其詞，所以問了一個其他的尋常的關於未來命運的問題……而且，要戴上女巫要求的那兩個面具！」

但，我不是要說一個又冗長又無聊的故事，來讓你入睡的嗎？但我覺得她好專注在聽，我隨口扯了個沒頭沒尾的爛故事……這樣又不對的。

王子對女巫說「我幫你搧涼……」

女巫對王子說「別討好我。」

王子對女巫說「你的眼鏡好土。」

她笑了起來，我說，不要笑，趕快睡。好暗，那時候已經五點出頭了，離她要醒來的六點不到一小時。

她的長裙是黑的，很好看而且很挺，我怕弄縐了，所以要E躺在地毯上，不要動，我把裙角拉好前後面都拉到很平的

然後頭伸進去兩腿之間舔她，一邊舔一邊拉裙子，E很緊張，不敢動，我說「乖女孩。」

一面很慢很輕地沿著小腿肚向上，濕濕軟軟的舌滑上曲線深處，到了她的陰部兩側，突然變得用力而晃動，E全身發抖了起來，我不忍心，雖然知道她這時候如此「乖」而被拘謹地舔過，一如她很少穿的長裙「在公司怎麼穿？要做好要跑東西要見笨客戶……」

「好可憐。」我說。

「你要不要試K一下。」E說的時候，我心裡嚇了一跳，但隨即說好，我那麼信任她，也那麼信任這個地方的平靜……突然想起E提過她和W的做愛時用K，而E變得不能動而任他搞她……

現在變成是我不能動而任E搞我……但，這是一種「點破」嗎？

在我漸漸陷入K的迷離之後，突然覺得所有這幾個禮拜來的累甚至最後這幾天的安排來閉關來寫LV廣告企畫案前的煩到了盡頭……我彷彿沉入很大的很軟的床的深處再沉入一個同樣的不知多深的地方，而最後的印象都是E仍緊緊含吮我的陰莖，想要認眞「點破」我……

「牛郎店好不好玩？」我問她。

被W帶去第一次的E說，還好，但有個年輕的笨牛郎拿一把好笑的塑膠摺扇來幫她搧，很可笑。

「我幫你搧涼……」他對她說，「別討好我。」她對他說。

但竟然笨到搧摺扇還打到我的頭，我罰他旁邊站，但更不能原諒的是，他說我的眼鏡好土好老氣。

「因爲你是OL啊！」他們嫉妒你，好像你是來自更高更好的血統，但我想他們也怕W，他是藥頭，是一個更強更大的另一個血統。因此E顯得不太會被欺負。

我記得她提到一個在酒店上班的女生朋友M，在向她訴苦不知道怎麼教女兒，M也吸了K，有點昏。

牛郎店和一般酒店的歡樂好不同，那麼愁苦，那麼奇怪，有一桌的女客人有一個一直哭，有另一個抱著牛郎跳舞，整個人貼上去了，但動作很慢很怪，而且也不開心。

「不要老說我可怕。」E說，我向E道歉，或許，她真的玩得很快樂，比起她，我顯得蒼白，而拘謹，因從來不曾玩過地緊張著。

「十八杯的意思是給了一萬八小費。」有一個小弟拿了鈴鼓去站在旁邊搖……但奇怪的是，那個收小費的牛郎卻沒有動，甚至，也沒有高興的表情……

「而另一個更新更不知如何和人說話的牛郎坐在旁邊，安靜地坐著，M給他一疊小費，而他也還只是笑，沒有感謝或更多動作地報答，繼續安靜地坐在那裡……

E雞姦我的時候，我用了K，正有點昏，她一面高明地舔噬我的陰莖，一面用手指放入我的菊花眼裡，用我下午去買的潤滑液KY……

我躬起身，覺得被侵犯，前面和後面都好硬好緊，這次手指插入好深，而且我好暈……就這樣，E變得好激動地亢奮著……我沒力反抗，只能任她姦淫我。

那時我想起她跟我說過：「皺眉頭……這是我十多年後再遇到對你的第一個印象。」E說「我認識的男人裡，沒有人會那麼認眞地回答我的問題，而且，你一認眞就會說話停住，皺起眉頭，好像用力在想怎麼回答我……」

「而且去年公司我出了事，你也沒有笑我，甚至沒有問怎麼了，只問怎麼幫我……如果是別人那我就會被甩了或我甩了別人，但是，我怕我開始憂鬱症發作會拖累你……」

我看著E，在黑暗中，想著她的年輕與脆弱，去年我認眞幫她並沒有多想她說的這些啊！

「你的眉毛到唇上之間好多變化，」E說「你看，」她用手摸著我的兩眼之間慢慢滑到鼻樑……「你摸我的，」我感覺到她的臉上很嫩的皮膚，很平滑很少變化的眉宇，到鼻心……我說「你走的是濱崎步路線，很可愛很甜……」

她在黑暗中還是笑了，雖笑得很小聲。

「你因爲K陪睡，總比因爲LV陪睡要來得專業一點、in一點、酷一點……」她幫我帶了英文的網上找來的LV資料，是以前要買包包用的，她說我這樣好像是爲了這才陪睡的，「哈！」我說。

穿上了我買給她的Armani的黑的細肩帶背心內衣與丁字褲……「變成super model了。」我說，雖然光線並不亮，但眞好看，「像CK的模特兒。」那種很奇特的有質感的性感，連她豐滿的胸部都變成很優雅……

「像女殺手。」我變得很興奮，而且因爲K，我以爲我不能動了，但一翻身，我反而更用力，更粗暴，我打開E的雙腿，壓著她，沿著腿側用咬用含地啃食她的臀。

「不高興就叫來舔盤。」我學她提到M在牛郎店的說法，E躬起身來，大聲地呻吟，我舔著她不斷流出淫水的陰唇，滑上濕潤的陰毛……

「你好委曲。」我靠著她的耳朵旁說，「你好委曲。」我靠著她的耳朵旁說，「你e-mail

上寫過的那些上過你卻忽略你的丁字褲的男生都是笨蛋。」「我覺得你現在看起來就像 super model……」

第二次在旅館，在房間裡，和第一次那麼地不同，雖然兩次房間落地窗看出去都看得到林森北路和南京東路口的麥當勞大樓，我們仍坐在椅子上喝茶，而我也一如過去像E寫的，只是一個陌生男人和另一個陌生女生的那麼不像舊識地幫她泡茶倒茶……但這回我們很快地就激烈地纏住彼此的肉體，貪婪地吸吮對方低嗅對方咬噬對方……

甚至開始時，E更坐在地上慵懶地看一本我帶來的叫做「迷幻藥的年代」的書，和其他我箱中帶來想LV廣告腳本的某些濫情的小說……但，我突然從後頭舔她的左耳朵，很輕很慢，她不敢動……

即使我們前兩回已經在別的旅館激烈地做過愛，但在晶華的第一次，我們仍然只是說話只是喝茶只是關心而開心地獨處……只是談到我們在過去的交情，我們各自的身世……一點點地不太明說的好感，因為反而更拘謹的客氣……

「天堂二白妖法師可以選擇穿上的那兩種有法力的法衣好漂亮，有的還有很多種威尼斯風格的面具讓我好迷，有時打了整個晚上，打到第二天請假不去上班。」她說，我不知道E也有如此迷過線上遊戲，如此瘋過，如此像尋常的OL或這世代的年輕人……

這是我所錯過的某種「玩法」的代表，某種「生活方式」的典型……這我還要和她細談。

因爲冷，E把棉被拉起來蓋住我們，我在微弱的光與暗淡的素白被布圈裡，看到E仍緊緊吸吮我的陰莖，好認眞，好專注。我在棉被這端看去，想到更像我之前所說自己像一個被吸入巨大生物體有機觸手的蛹裡……不能動彈，恐怖而快樂，而在被裡的景象是這種想像的低科技B級片版本，我被放入機器裡，有吸管餵我插我口的儀器，還有肉製長嘴唇型機爲我口交。

我其實在棉被裡頭在K裡頭是擔心硬不起來。

「用了K我就硬不起來了，眞不好意思。」我說。

「沒有啊！你這麼硬，你看。」E說，她抓著我的陰莖，我感覺不確定「它」是硬的還是軟的，於是用手偷摸了一下，還算硬……就有點放心。

「如果硬不起來，那不就太沒有禮貌了。」我對E說。尤其是她一直那麼認眞地舔我取悅我，而我還是因爲K沒有辦法那麼清醒而直接地像過去那麼專注她挑逗她，挑動她的性慾……

「這是晶華……」

「去年我出事時，你認眞皺起眉頭，好像用力在想怎麼回答我……不是說過，今年如果我陪你來晶華閉關，你會點破我些什麼。」我說好，但，我只是在床頭，只是在她認眞地專注地想聽的刹那，用手指在她眉心點了一下……

「你賴皮！」

我說「這就是點破了。」

但卻在黑暗中又緊緊抱住她貼緊她，吻起她的肩她的耳稍，甚至用力抓緊她的乳房，抓緊她的臀……幾乎又環過全身地舔了她一遍……

「說眞的，」E說「到底什麼是點破？」我說……「好吧！」「如果認眞地說，那就是『慢』這件事……」

我抓住她的手腕，用舌頭很快很潦草地舔了幾次。「我先停住了。」再很緩很輕很暖很仔細地舔了一回……「這就是慢。」

「但，我說的不是『技巧』，而是『態度』。」

「我說的也不是『舔』，而是『心』。」

我一邊說卻一邊覺得有點迂腐。即使是面對年輕的她的人生的可能再成熟點的想認眞說點什麼這件事，但，就在我剛嗑完藥，剛被口交，剛被雞姦後……能「認眞」什麼呢？或是，胸口抱住一個穿著黑色性感內衣的super model般的女孩時，我還想說些什麼，甚至「認眞」地說些什麼……

王子可以選擇戴上的那兩個面具都很有名，一個眼睛旁鑲一顆鑽石，看起來像眼淚……

另一個才是從中間分開兩個顏色，一邊是紅，一邊是綠，是個小丑的類型……也就是兩種有名的威尼斯的傳統。我看著手臂裡的E，感覺她肉體的溫潤與甜美……「一個是喜劇，一個是悲劇。」「一個是笑，一個是哭。」

其實，他選的面具就是他的未來。

但我必須承認這個故事很難說好；因爲王子並沒有太清楚的動機要去找那塔羅牌女巫，而且「口交」這件事太刺激了，他選的面具就是他的未來這種說詞的結局太蠢太簡單，太像一個太尋常的宮廷笑鬧色情片的劇情……也沒有E說的「十八杯的意思是給了一萬八小費，但，那個收小費的牛郎卻沒有動，甚至，也沒有高興的表情……」這種她遭遇過的充滿張力的現場故事的離奇。

但，對在胸口的怕憂鬱症發作的E，我只能說「點破很難在這回說完……」「一如其他的關於未來命運的問題……」

必須等下一次睡前來接……而且，我裝得很睏地低聲在她耳邊呢喃「女巫對王子說，你眞的該睡了。」

她那麼信任我，也那麼信任這個地方的平靜……

其實，後來反而是我不能動而任E搞我……我漸漸陷入K的迷離與無法離開，甚至，最後的印象中E仍緊緊認眞含吮我的陰莖……

我想到最早來晶華的原因不正是爲了自己找靈感可以寫出一個廣告企畫案CF的比較不

一樣的故事腳本，用來說服自己不只是在胡扯一些道聽塗說的情節或胡亂拼湊的畫面……而我卻被不一樣地「點破」了，或許只是在「快樂」，因爲K，因爲在晶華，因爲擁抱著喜歡而想念的年輕漂亮一如super model的女生，而且可以炫耀地說起一個故意要冗長要無聊的故事來令她沉沉睡去……

但沉沉睡去的反而是我，在夢中……一如在K中，彷彿我的陰莖仍被緊緊含吮，彷彿眞的沉入很大的很軟的床的深處，眞的再沉入一個同樣的不知多深的地方。

那時我們還沒一起去威尼斯，但彷彿也到了某種盡頭……

由於一個應該要失敗的故事。

E的天堂筆記（拾）漂亮

我的朋友小白在玩天一時因為是接替他哥的角色玩，所以那時他並沒有特別再去創造一個角色，那時玩的是一個男妖還算可以我還滿喜歡的，但是名字就很不滿意了KILLER1000，覺得名字應該要帥一點！

他自己有選角色是在玩天二時，在選角色時，幾乎都是選女性角色，而且特別是精靈，在遊戲中設定精靈可以搭配出很好看的臉，另一方面女精靈穿裝備其實我覺得又比其他女性角色更好看。選女性角色真正的原因是滿足我自己的一些需求，玩遊戲還可以看到好看的角色很不賴，況且因為天二是三百六十度有時候還可以拉些特別的角度來玩一玩。

還有一個原因，就是如果有機會他還滿希望自己下輩子可以當一個漂亮的女生，所以他就靠著天二選角色來滿足自己這部分，不過會這樣說也還不是因為自己好色的關係。說到取名字的話，他最常使用的就是「妖」，覺得這個字感覺還不錯，帶點詩意，對一直是男的他自己而言。

第十個故事
妖怪的雌雄同體

我哥哥說他女朋友沒少過／雖然他不斷告訴我／都是他女朋友離不開他／但天知道他的心裡／只是想滿足他的虛榮心罷了

我還知道我哥哥的一個愛慕者／在我哥哥邀請她到我們家來坐坐的時候／那個女的主動的抱住了我哥哥／我哥哥傻了眼／假裝若無其事的跟那個女的分開／然後藉故讓那個女的主動回家／之後還跟我說／太大膽的女生我不要

我哥哥說／他之前也有跟處女做過／也是緊到不行／很舒服沒錯／但是姿勢是死魚了一點／所以很快就射了／想早點結束這個關係

我哥哥還說到／他們班有個女生／看起來很狂放／可是應該是個處女／結果我哥哥後來眞的跟她上過一次床／做完了問她／你不是處女對不對／那女生說／你是第一個進來的人／但不是第一個跟她上床的人

我哥哥聽了覺得自尊心有受創到／後來我哥哥跟我坦誠／當初因爲喝了酒／所以後來

跟她上床／而這個女生也很妙／只要男生一喝酒／就會很自然的想膩在那個女生的身邊／就是有一種荷爾蒙吸引他／而且想跟她做愛

讓我覺得這個女生也太妙了吧於是透過一些技巧我接觸了這個女生發現她眞的是一個很邪惡的女生／而她的邪惡來自於她的單純

她／單純因爲聽了她姊姊的話／覺得／女生過了十八歲還是處女很可恥／所以她就在學校去找外國人／但每次都被放鴿子／於是破身計畫就不了了之

後來／跟別人去夜店玩一玩／遇到了一個義大利男子／想說／這次來個一夜情總該可以了吧／後來確認對方應該沒病之後／在男人家纏綿了一陣子／看到義大利男子的陽具／狠狠的被嚇了一大跳／這這這也太巨大了吧／超害怕的／後來義大利男子的實在進不去／最後竟然用手指破了身／眞是超級空虛的／她還偷偷跟我透露／其實跟我哥哥做完其實更空虛／因爲我哥哥是個快槍俠／有進來跟沒進來一樣

而我秉持著／探究男人性愛觀的精神／當然站在女性立場／也很給她女性義氣的替她守密／並且／小小的對我哥哥失望

引自　E高中寫的關於她哥哥的一篇日記

「陰陽人」到底是什麼呢？

E指著遠方大樓上一個很大的外科診所看板上的廣告字樣「變性手術專家」。

其實，E是先問我：你覺得用手指去摸另一隻手，哪一種感覺比較興奮？是手還是手指？

我楞了一下，說「我不知道，可能是被摸的部分吧。」一邊試著用右手指去摸左手的手掌背面，就在我笨拙地試了一半時，她又說了，「那……用自己的陰莖插入自己的陰唇……哪一種感覺比較興奮？」

我又更嚇了一跳。但，我卻想到更早自己在青春期的可笑的某段聯想是關於瑜伽的：那就是，面對這種古老的可以縮骨折疊肉體的技藝之前，我卻只想到，「眞好，他可以幫自己口交。」

像瑜伽這種幾乎最艱深最苦到可以將身體鍛鍊到一種匪夷所思程度的修行，但當時卻只會想那種很蠢很色情的事。

「我從來沒有想過這種事……」對E，我有點尷尬地說：

「這種關於變性、人妖、陰陽人……之類，甚至是更奇特的雌雄同體的事……」

「其實被摸的手肉的興奮會分散摸的手指的興奮……所以，陰莖和陰唇只有一樣會興奮。」E說：「所以雌雄同體必須要選擇……」

「但，如果是連體嬰呢？」

「而且是兄妹的話，那他們如果幫對方口交呢？那麼兩個人都會很興奮吧！」

「所以，關鍵在兩個腦了！」

「但，如果一個陰陽人的頭裡也有兩個腦呢？」

「男的他一邊勃起射精，而女的她也一邊同時潮吹高潮……」

聽到這裡我完全楞住了。

因爲這些話是我們從那廣場走進旅館房間裡說的，而且是因爲我腰在痛，E一直不讓我插入她時，我們才在床上談起這些，但後來卻越談越起勁，也因而越興奮起來……

所以當她坐上來的時候還一直叫我不要動。

我可以感覺她的陰戶已然好濕好濕，濕液一直流出來。

就在她一邊用臀部夾緊我的陰莖一邊上下地抽動時，有時還讓腰左右前後的晃動起來，越晃動越激烈……

「我快不行了。」我說。

但，她卻突然停住了，突然眼睛看向遠方說「你覺得『毀滅性』的人格，是什麼？」我不知怎麼回答……而且就在我陰莖快射精，就在我腰又快隱隱作痛起來時。

但，我仍記得，坐在E下面，卻可以發現到她看向遠方的右眼一直抽搐地跳了起來……

「我記得我以前看過一部很普通香港妖怪片，功力最深的那魔頭是雌雄同體的……」E

說：「而且魔頭的女身部分會在男身部分正姦淫別的女人時說起話來，帶著醋意地……」「哥哥，像我們這種有毀滅性格的妖怪，做愛好像不弄死對方是不行的。」

我好像看過那電影，也看過那一幕，但我記得的，只是一些細節，例如：女主角是那陰陽人妖怪收養的，哥哥喜歡那女主角，但女主角喜歡別人……而且是在最後一場大決戰式的昏天暗地場面，妖怪他們才出現的，在涉及很多江湖恩怨與門派鬥爭的正邪對決式的混亂中……

我甚至，完全不記得裡頭有男妖姦淫女人的情節，更不會記得這些女妖關於「毀滅性格」的台詞……

雖然，我始終沒有認眞地去面對E說的那「陰陽人」的疑問，也沒有仔細想雌雄同體的同一身體裡有陰莖又有陰唇的怪異……

但，我卻在E提起「毀滅性格」那問題的時候，就完完全全不行了。

「也好，你終於軟下來了……而且，你腰還在痛，我不應該害你的。」

突然，還躺在那裡的自己整個腦袋都亂掉了，因爲，我因此不免一直想起我會陽痿的原因。

不是因爲兄妹亂倫的緊張，也不是因爲是男是女的性別錯亂，甚至不是因爲同時長出陰莖陰唇的肉身的性愛困擾。

而是我突然想起我在寫我和她的小說，也只不過就是在寫著我上她、她上我的每一次的筆記。

本來以爲是寫著兩人的性愛淫亂引動的更內心深處、暗處的探索。但，寫來寫去，卻好像淫亂的部分變成一種救贖，來彌補彼此人生的更多更大更無法挽回的不快……但淫亂部分卻因此變得很完美……

我們因爲彼此的「妖怪式的毀滅性格」而彼此體諒，而在一起好一陣子了……

但，我們的性愛也不是每一次都很完美啊！

有時我們也會太累，也會太緊張，也會心情太不好，而很糟……有時她陰道太乾，有時我勃起不完全，有時早洩，有一次她坐上來，臀部一動我的腹邊的傷口就痛了起來，甚至有一次做愛做到一半我們還睡著了。

「那麼，毀滅性格是什麼意思？」

我想到我不免在寫這種半情書半日記式的業餘小說時所誇大了一些太完美的性愛的狀態……

例如……我眞的是陰莖很大，很持久，舌頭很行，很有高度床上功夫技術……的那種男人嗎？而她眞的是陰唇又緊又濕，胸部又大又豐滿，口交本事高明的 super model 般的漂亮女人嗎？

還是，我們也不過像她以前寫過她哥哥式的那種回憶裡炫耀彼此又掩護彼此的自欺。

其實，兩人的床上功夫都糟透了，一如我們的人生一樣地糟透了……

只有在旅館的房間裡，依賴彼此的肉體彼此的不太完美但還算窩心的性愛來抵抗外頭的人生更無法逃離的困頓……

我們畢竟不是妖怪啊！

畢竟仍然是被江湖的恩仇鬥爭團團圍住的。

畢竟做愛也不曾做到不弄死對方不行過。

畢竟，也不曾認眞地想過如果我們眞是「雌雄同體」，不曾認眞地以那種「用自己的陰莖插入自己的陰唇」的怪異來探索肉體淫蕩的更深處……的更奇特。

而且，我也眞的只有一個腦袋，即使在過了這麼多年之後，其實某部分還停留在那種青少年式「眞好，練瑜伽可以幫助自己口交……」的愚昧與天眞，或停留在E她哥哥那種和她說話口吻中相信自己床上功夫很行其實早被妹妹看穿的自以爲是的可笑而已……

「你的腰還好嗎？」

我沉默了好一下。

「你的狗公腰好得很快的，別擔心。」

E說：「你不是練過瑜伽嗎？」

E的天堂筆記（拾壹）精靈

在天二裡是可以小小滿足自己小小的需求啦。不過我也不全然只是在選精靈而已。我覺得創造一個角色還滿有趣的，我會選很多種族，創造出各種角色來玩，但幾乎都不練的，就單單只是因為覺得好玩。

武器和裝備的選擇，我過去是對天堂一的比較熟，那時候在玩的時候最被大家使用的盔甲就是精靈鏈甲（精鍊）和精靈金屬盔甲（精金甲）。先說精鍊，精鍊大都是精靈在使用的，我自己玩天一時就是用精鍊，因為精靈本身的負重不夠，負重，就一個角色身上可以攜帶的物品的量，所以會選擇較輕的精鍊而且精鍊本身的價格就比較便宜，所以對精靈來說，精鍊是事實用的一個裝備，而精金甲大都是給騎士使用的，如果精靈使用來說也是可以但會因為精金甲的重量對精靈來說太多餘，除非是一隻拿劍的精靈，不然大多數會由於必須要背很多的箭，就不選擇了……因為背太多箭會飛不高的。

懼高症

第十一個故事

這是我剛到月亮的第一天。

你知道嗎，原來月球的表面不是一堆的坑和凹洞喔，這是我的第一個小發現，其實它是軟的呢。

該怎麼說那種觸感呢……

我猜那軟軟的那層大概有……把手掌放橫估計起來的話，右手的大姆哥要再接上左手的大姆哥，也就是一個橫的手掌加一個大姆哥那麼深吧。

因爲它軟軟的，所以你每踩一步就會凹一個洞，所以我說，它的表面並不只是坑和洞，那些是腳印。

可是因爲很多腳印都重疊交錯著，也許是上一個人和上上一個人和上上上一個人的腳印的混合了，像今天就又加上我的了。

是軟的，一踩就會凹下去，但不是那種踩到爛泥巴的軟，它比較輕一些。

陷下去的感覺像是踩到一個早就設定在那個點的機關按鈕，是要用腳去按的按鈕，所以腳底很快就又被彈上來了，你懂嗎?就是按按鈕的那種感覺啊。

所以在月亮上走起路來的感覺就像小時候會跳著走路那樣，是挺可愛的，但也有點蠢和一點彆扭。

因爲那種跳著走路的時候通常是故意的，因爲心情似乎不錯，然後嘴上會帶著淺淺的微笑，或著再哼點歌，可是現在我只不過是在走路啊，但感覺卻跳起來了。

我並沒有什麼特別愉快的情緒，但在跳起來的時候嘴巴也習慣性的帶上了微笑，可是我沒有想笑的意思啊?

不過倒也挺好笑的，所以也就無所謂了，那就這麼跳著走吧。

這裡好像沒什麼人，因爲我一路上沒看到半個人，不過大概也是因爲大家睡了吧，因爲我的手錶上已經是很晚了。

這裡的房子長得很奇怪，應該說像是從地上長出來的，因爲我看不見它的接合處，它跟陸地是一體成形的。

形狀是兩個半圓形，像競技場那種的形狀，不過有屋頂就是了，好險這裡沒那麼大，我是很怕很荒涼很空曠的呢!

有大有小，最小的大概就一張板凳那麼小，可是它還是有窗啊門的，我試著蹲下來把頭歪了一邊把眼睛湊向那小窗，只不過裡頭沒開燈黑壓壓的我什麼也看不見。

最大的有比我高好多好多大好大好大……怎麼說呢……我都覺得我已經走了好多步了可它還在我旁邊呢，我猜最大的應該有羅馬的競技場那麼大。多高呢？……走在它旁邊抬起頭來看它我看不到頂呢，所以我不知道它多高，但也許我再走遠點之後回頭看就可以看到它多高了，只不過那大概要再等我走好一大段呢，只希望我走了夠遠那時候還記得要看它有多高。

回頭，更要記得一定得看看在月亮上離地球有多高。雖然我是很怕高的……

「我有懼高症，但，站在這裡往下看，我卻不害怕。」

E站在旅館房間大面落地窗邊前頭向遠方看去時，我問她在看什麼……她是這麼回答的。

我覺得很窩心，也靠過去，站在她旁邊，也往窗外街上的流動的人與車看去，突然有種很深的難過與感動，突然因此想起：我也怕高啊，但，爲什麼我卻好久沒想過怕不怕的問題了？

在透明玻璃前頭，我肩靠著她的肩手拉著她的手，像極了一個偶像劇式的畫面那麼異常地唯美，但卻仍是平靜而甜蜜……

然而，我卻沒有沉迷在這種淡淡的溫情中，我突然蹲下來，趴在E的身後，用很誇張的姿勢，撩起她的短牛仔裙，貪婪地舔起E的大腿內側，舔起她丁字褲兩緣的曲線，甚至，故意撩緣而用舌頭伸入陰毛的濃密而伸入陰唇的肉芽……時急時緩……兩手同時托住她的雙臀，並在後來更打開雙腿，壓住她，將肉體靠到玻璃面上……越來越緊……

「路上的人會看到的！」E有點緊張了起來，尤其我把手指放入了她的下體裡，沿著淫水往上滑去。

「不要害怕，他們不會往上看，要怕的是你的懼高症吧！」我安慰她說。

如此地呻吟了好一會兒，我繼續更慢更深地舔她，但奇怪的卻是，當我口舌貼住她的陰唇深處，眼睛卻仍然可以看出遠方，看到市街、路人……我一面感覺淫水流到我臉上，一方面卻又感覺到整個台北也流向我，好濕好濃稠地湧來……像一種電影特效。

而E仍然呻吟，仍然沉醉，所有的畫面變得色情起來……

後來爲什麼會把她轉過身來或把她壓坐在很低的只有十公分的窗底緣台開始插入，我已不記得，只記得我也褪下衣褲，用陰莖死命地抽送了起來。

其實我是壓得她肉體很緊很密地抽送的，更後來就轉換成較有技巧地有節奏地進出，如此了好久，E說她來了兩次了，我仍沒有鬆手，但，因爲發現她還在抽搐，就用沒有像以前那麼用力地而繼續緩緩挺入……但整個窗外的台北就在這好一會兒之中就沒入了夜的黑暗。

我在更後來抱起她的身體，抱起來時，陰莖仍然沒拔出來，只要她用雙手環抱我的頸，而我抱起她的腰，而讓她的兩腿環跨在我的腰上，一邊又說笑地提起這「火車便當」的姿勢典故，一邊將E用這種懸在半空中的方式對著窗外的夜空又抽送了起來，沒想到她越爲亢奮，我沒想到她這次又如上回般地如此浪叫了起來，所以就更用力地加大動作，也因爲她很輕，又手腿修長纖細，所以並不吃力，抽動到後來，E說她眞的已經受不了，「求求你，我眞的有懼高症。」她露出耐人尋味的恍惚與笑。所以，我才終於停了下來，輕輕地把她放到床上。

「讓我來侍候你！你休息一會。」我說。

其實，這時候，我想起大學時代看過某一部叫做「黑天使」的義大利色情片裡的畫面，在一個面向佛羅倫斯美麗廣場的窗口前，一個穿黑色制服的納粹年輕金髮亞利安帥男軍官，邊吸古柯鹼，還把陰莖邊用力頂入那個義大利富商太太肥大的陰戶時，也是用這種「火車便當」的姿勢，一邊將女人用這種懸在半空中的方式又抽送了起來，而且一面調情一面討論二次世界大戰的戰情，有種很奇特的色情感。

我想到那男女主角他們用某種很肉慾的不倫來抵抗面對那種「大時代」式人生的困難……他們恐懼的高度當然比我們更高更遠，當然也更困難，但，我並不那麼同情他們，反而突然覺得有點荒唐，因爲自己也陷入這種奇特的肉慾，在這個也好久沒想起來和現在如此雷同的色情畫面裡。

那麼，我和E是用我們的肉慾來抵抗什麼呢？

「讓我來侍候你！你休息一會。」片中那個納粹男軍官在離開那個佛羅倫斯的窗口時也是這麼說的。

那幾年看過那個義大利有名的色情片導演的另幾部片，年輕的我以前甚至曾連續幾天一口氣看了好幾部……其實，不只是片子色情地很好看很古典，也是因爲他處理的肉慾老是在抵抗些什麼，老是有點純劇情片式的迂迴糾纏……

我更喜歡的是：裡頭的故事背景那麼遠，那些人那麼陌生，講究的麻煩那麼不同……有些還是在戰爭時代發生的事，有納粹與法西斯黨的一些怪異的跋扈，在歌劇院在小劇場在派對上的虛假與體面……但裡頭的男人女人都有那種老歐洲式的好漂亮好性感，穿軍服的時候還因有種眞正戰時的氣氛而顯露出更不太一樣的奇特的色情感，非常的動人，和尋常好萊塢戰爭片裡愚蠢的殘酷或壯烈很不同。

但，那已經是好久以前的事了。

E那天送我的禮物就是一個Dunhill的菸盒，很細膩很雅緻的深皮色澤，硬殼有質地，我好喜歡，但又好不忍，她已經那麼缺錢了，還買那麼貴的東西送我……我忍住心裡的笑來埋怨她……不該如此奢侈，但卻越假生氣就越偷偷開心……E眞的是知道我的……我心裡頭就是有那種老歐洲式愛漂亮的虛假與體面，我不知道怎麼說……

「你說要教我品味的，說了好久，還是沒說！」Ｅ半開玩笑式地說，我看著她送的菸盒，想起剛剛出去晶華酒店經過的那家Santa Maria Novella的香水店，就在兩人半裸身體躺在床旁地毯上休息時，談了起來更多這種老歐洲式愛漂亮的虛假與體面，邊抽起菸邊提到了電影《人魔》片中那種極變態又極高雅的故事，裡頭正引用了這家香水作爲ＦＢＩ女探員找到心理學家罪犯在佛羅倫斯的線索，並在兩人一起向天花板噴去的煙中，慢慢談起這種古老的技藝與這名香水店在義大利的道地……最後說到，我也是在這麼多事這麼多年以後才感覺到這些又變態又高雅的樂趣。

但，面對Ｅ，我的關於品味的描述雖然冗長，也不免用了和「黑天使」（或因之我聯想起的關於《聖經》中黑暗天使的走向邪惡）那種雷同怪異的複雜說法……但，其實，我描述的不是品味的體面，也不是態度的講究，反而是一如這些電影中充斥的那種很古典的老是在抵抗些什麼的情緒，不一定漂亮也不一定色情，但卻一定是迂迴糾纏……往往充滿了陰影。

我把手指放入Ｅ的菊花洞的緩慢時，想到這些陰影。她躬起身體，露出痛苦的表情，我很小心，用了很多很多ＫＹ，很瘦很纖細的肉身突然好像收緊的多圈玉環，很剔透又很脆弱，但卻很美絕，她在地毯上跪著，靠著我，其實剛開始只是我們兩個人都穿著又白又軟又寬的浴袍，躺在地上抽著菸，她說要再雞姦我，我說這次換你試試，她本來不願意，但我試了ＫＹ給她看，叫她用手抓緊握拳，但用了ＫＹ，還是可以伸一隻手指進去的……那種小技倆，後來說了好久好久，她勉強願意了，但我卻開始有點不忍。

一如面對電影《人魔》片中那種極變態又極高雅的故事的陰影的不忍……但事實上，我已眞的放了進去，她也已眞的躬起了肉體來。

我看著她皺起的眉心，也想起她放入我的菊花洞裡的時候的我的雷同的表情痛苦，雷同的躬起身子，雷同的脆弱但又因此而得到的有種陰影裡頭的很難明說的快樂……

但，我們卻必須和我們的「黑暗天使」在一起，才能做出來的這種很不放心卻又很放心的事，或說是很扭曲而曲折的走向邪惡的肉體試煉……

我們分享了這種扭曲與陰影，在晶華那華麗的寬敞的房裡……用有點凌虐肉體的好奇與激烈，用異常做愛的變態與狂亂，用更多更後面的我們的或許自己也還沒弄清楚的動機，通過對方來找尋自己找尋陰影。或許，乍看還只以爲是找樂子……其實是用找尋到的樂子來抵抗些至今仍弄不清是什麼的情緒，往往充滿了生命的迂迴糾纏的這些情緒……

這也是我到了很後來才慢慢弄清楚的。

「最近，我已經累到快憂鬱症復發了，只有和你做愛時會好一點。」E說。

我想起她的懼高症，也想起她寄給我 e-mail 裡寫的那個夢，那個回頭更要記得一定得看看在月亮上離地球有多高的夢。

「眞的，躺一下，再讓我來侍候你！你休息一會。」我一邊哄她一邊卻想著她那個荒涼的在月亮上的場景，想到她描述的很多腳印都重疊交錯著卻已經完全沒人的地方的空空蕩蕩。

「在某個鄰海的花園的迷離中，甚至鏡頭只是從一陣野煙移過來，那義大利的色情電影就是從很多腳印都重疊交錯著的海灘開始的。」我嘗試安慰E，她的夢並沒有她想得那麼糟那麼悽涼。

「那甚至可能是一個雜交派對的剛剛散場。」我說。

而且，在大面玻璃前又抱起她，面對窗外的夜色，從後頭將陰莖再度深深地插入她的陰唇裡。

其實，我還來不及跟她說更多關於那色情電影的最華麗的變態部分，那是好幾部片裡都有的狂歡節或雜交派對的場景，有的還會在古典豪華到會令人想到羅馬帝國時代的貴族別墅或莊院裡。

而且，因爲大場面之鏡頭，光線、剪接、場景調度上的細心，使得這種已被美國X級片弄爛的歐洲古老祕密傳統中的性幻想的細膩又回來了。有時候只是在那些鄉間古典建築……在威尼斯河畔的大宅門廳……一群陌生的人激烈地做著愛，那些裸體的淫蕩的男男女女陷入某種瘋狂，像在古老莫名的儀典現場中，恍若希臘神話裡眾神的放浪，而不知人生的悲苦環伺或時局的險惡困頓，一如我的年輕時代，一如我始終妄想的那種老歐洲式的華麗的好漂亮好性感，那種因無度瘋狂而更奇特的色情感，因無度糾纏而更動人的淫。

我跟E說，在太多人太大場面的瘋狂淫亂之外，其實，我只老是會想起那電影裡較冷清的某一幕，想起那離開雜交派對的濃妝女主角去海邊小解的背影，風吹起露出的長裙尾上……很講究的那種吊襪帶，黑網襪的行頭，還伴隨著有點老氣但品質很細膩的義大利時裝衣著的性感，鏡頭老停留在拍剛脫下襯裙的或小解中的裸露臀部或直接的濃密陰毛……但，心情複雜的女主角卻一邊小解一邊啜泣了起來……

「那種更迂迴更落單的色情感卻反而更吸引我。」更後來的那時，我和E已坐在晶華前的廣場上的怪水池旁，新作好的空間廣場一邊的洗石子台階上，旁邊好多情侶，有的還大膽當眾擁吻，對著夜，因對著空氣中難得的不太熱的氣味，對著水池的淡光波影……

我點起那菸盒的菸，用旅館的火柴，「爲了搭配你送的漂亮的老歐洲式菸盒的品味！」我笑著回答她問的「爲何不用打火機……」的問題。我有點刻意，但E只是笑……

我想她是開心的，其實我也是。我們才剛肛交完，才剛無度瘋狂的迂迴糾纏過彼此的肉體，而且，甚至離開房間卻也仍然還停留在一種那時如此奇特而動人的淫的亢奮中。

我心裡這麼想。但我卻並不是那麼清楚她爲何跟我說起那個 e-mail 裡的夢，以及那些夢裡看似安靜有趣但卻極度荒涼害怕的內心的黑暗場景，而且就在那廣場的夜色中，陪我抽著菸時。

我想到當年那些色情電影的最後，也想到那些「黑天使」式的性愛畫面的那麼遙遠那麼迷離……

或是在透明玻璃前頭，我們剛剛的那一個被懼高症包圍的偶像劇式的畫面的唯美，平靜而甜蜜……但卻仍然透露某種隱藏的害怕。

更慢更深地，她流到我臉上的淫水也流向整個台北，像一種電影特效般，好濕好濃稠地湧動……有種很奇特的色情感。

我想起我們的肉慾要抵抗的那種沒有更高更遠的「大時代」但人生依舊的困難……

我也想起E剛到月亮的第一天寫的：「我不知道它多高，但也許我再走遠點之後回頭看就可以看到它多高了，只不過那大概要再等我走好一大段呢，只希望我走了夠遠那時候還記得要看它有多高。」

雖然我仍是很怕高的……

E的天堂筆記（拾貳）魅力

　　而騎士使用對他們來說重量是剛好的，而且防禦力也不錯，相對於騎士來說就可以背更多的水（水就是治療藥水或是一些效果藥水），背水對騎士來說是很重要的，必須近身打怪除非有法師跟在身邊，不然都要喝水來維持血量的安全值。當然也是有更好的裝備，不過那些就是寶物了，古代系列的裝備，和龍系列的裝備。天堂中其實很多裝備都會因為本身裝備所附屬的能力，被不同的職業使用，像是紅騎士斗篷會增加角色的魅力一點，不過防禦卻很低，大都是王族在使用和真實世界的遊戲一樣，基本算法就是角色魅力的數值乘以二就是這個王族可以招收盟友的量了，「魅力」畢竟是會影響招收的盟友的……

第十二個故事
抓飛機

E說：「我們小時候流行一種叫『抓飛機』的遊戲，抓一百台飛機就可以使願望實現。」

那個星期天，我們早上做完愛後肚子好餓，很不甘願地下樓找東西吃。那時，我和E正走在一個窄小的走道，買完午餐往家裡走，又有點怕淋到雨就更慌了。而且買的東西又是味道很重很油膩的肉圓，店又小又擠，裡頭還播一些很煩人的關於災難的電視新聞。

「什麼叫做抓飛機？」我問。

「因爲我小時候住在民生社區，小學就在松山機場旁邊，所以常常會有飛機飛過去，所以就有這種傳說……」E說，一邊用兩手對著半空中同時比劃起一種要抓東西的手勢，「抓到之後，還要揉碎，放到胸口衣服裡才算。」

她的動作好可愛，一邊笑，好像回到小學時代的天眞「偶爾想起來好殘忍，一台飛機有好多人，要掉好多台才能完成我一個人的願望。」

「這樣不是更壯烈嗎？」我笑她。

「有時候，我們還會投機取巧，看到一台飛機，就抓，而且過一會就再抓一次地一直抓，好像重新抓另一台，這樣可以很快湊滿一百台。」

E因此而露出更可愛甚至是可笑的表情，兩手不斷張開闔起，像小孩子一樣一直在重覆做那個動作，對我而言，看了一會兒習慣了那種有趣之後，卻反而顯得好奇怪，看久了，不再像個遊戲，反而更像是種被催眠式的現場的演出。

「而且不能讓老師看到，會被罵。」E又笑了，像做了壞事的小孩……

我想像著那景象應該是十分壯觀的，一個小學裡那麼多學生，在校園的每個看得到天空的角落對著遠方雙手舉起，不斷重覆做著可愛又可笑的動作……而且，還必須是偷偷做。

我所想像的，卻反而是伊藤潤二的漫畫，那種整個村子裡的人因為不明的原因突然陷入了無法控制的精神錯亂，而一起做起可怕的事。

「你的願望是什麼？」我問。

「幫哥哥買了殺怪物的線上遊戲。」

「後來有實現嗎？」

「有啊！後來和表妹和哥三個人存錢存了幾千塊買到了。」

「但那是因為你存錢而不是因為你抓飛機啊！」

「但……」

「你有爲自己許什麼願望沒有？」

「沒有。」

「眞是個好孩子。」

「但我也有跟著殺怪物。」

「怪物可怕嗎？」

「殺怪物很好玩。」她說。

我仍然是很好奇的，而且也繼續是用伊藤潤二漫畫式的精神錯亂中所一起做起可怕的事的怪來面對E的故事。

「但，殺怪物的怪並沒有另一件夏天的事怪。」E再度露出那種可愛又可笑的眼神。「我算是喜歡夏天的，那時候，我們小學由於機場的補助，每個教室都有冷氣。所以夏天並不難過。甚至，放學的時候，所有的小朋友都還是穿長袖的夾克，有一次一個新來的老師看到了，成群走回家在路上的小學生在大熱天都穿長袖……還以爲發生了什麼事。」

我大概也跟那個新來的老師一樣吧！聽E說起小時候這種飛機場旁邊小學的怪事。

但我們那時還在走回家的路上，也因爲是七月，走一會兒就一身汗，但，我並沒有太在乎E說的那個夏天或這個夏天發生的怪或災難，只是一直留意她太緊太白的T恤因爲汗濕了的腋下的漬痕，而也因此想起早上沙發的我們，和她坐在我身上插送著我的陰莖的野與一直流出胯下的淫液。

但爲了掩飾我因而的勃起，我只好說起我昨晚作的一個很怪的夢。

不像E之前所說她昨晚的夢的那麼簡單而直接的害怕，因爲她在夢裡發現自己的乳暈不斷地擴大，擴大到整個胸部，讓她嚇壞了。

我安慰她胸部夠大了不用擔心，接著說「我的怪夢，雖然有點蠢，但場景卻很大。」在夢裡頭，我也是一身汗，而且是陷在一種被逮補的狀態。

慢慢跟著被押的人群走向一個車站旁的房間，後來走了一陣子，雖然仍然很小心，但比較沒剛押到那麼緊張，就沿著路向前行了不久，走到一個高處，發現了整個地區是由很大的棋盤式的房子所排列出來的，屋頂都相同，但都很華麗，整個建築群一如古代京城，很驚人地大，大得看不到邊。

一路走，還迷了路，被押的人越來越少。而且天慢慢黑了下來了。

又走好遠，到了一個地方，有另一群之前押來的人在等待沖水，像要洗澡，我心中知道不是，只是一種規矩，但在那裡的人卻好像很清楚要怎麼做，只有我不清楚，而且他們雖然穿著匪幹式的衣服，卻彼此熟識，有種陌生人告訴了別人的我的某些瑣碎而私密的事的莫名複雜，而且像一群地痞流氓嘲笑我，被威脅的我不知怎麼辦只好很客氣地應對。後來，趁他們不留意時趕快想辦法溜走。

又走了好久，也又迷了路好一陣子，最後來到了一個很大很誇張的水池，有很俗氣的混凝土做的彩色的龍，而且嘴巴在噴水……到了這裡我才突然發現我一直很緊張，一如剛開始在火車站被押解的時候，是那種送進集中營式的緊張。

但是，這個棋盤式的華麗建築群，繞來繞去，到了這裡，不知爲何卻竟然變成是個觀光樂園。

而且是比較廉價比較醜的那一種，但，我仍然很難用觀光的那種輕鬆與嘲諷來面對它，或說面對這種比純悲慘更奇怪的某種可笑的悲慘處境。

但在水池旁的人們卻沒有任何懷疑地在旁邊開心地遊玩，互相拍照留念，裝可愛的表情。

我和一個一起被押解的犯人更後來還奇怪地被邀請去參觀一個水池旁的房子，但等了很久，一樓有一群穿古代朝服的年輕業務問我們要不要吃便當，我說不用了，我們看完就走，但又等了好一會兒，來了一個公公帶了一個他的年輕漂亮的小男生，邊看樓裡的京城模型和那小孌童調笑，然後一面敷衍地招呼我們，過了好一會兒，我變得蠻生氣的，只是沒發作，那全紅而好看的房間有一點特別，但也沒那麼特別，像在電視劇裡的宮中，但他卻很自信而對我得意地說這是他精心設計的 lounge bar……

「而且，說著說著，公公和那小孌童就在那大紅的床榻上激烈地愛撫，最後竟然當我們的面前肛交了起來！」

「這不就是對你這種怕變 gay 又想被雞姦的人最好的懲罰嗎！」E 嘲笑著。

那時候我和她正走到旅館，我說著我的夢，她說著她的童年，事實上，天氣還是悶熱，走廊還是擁擠，我又因爲遲了，必須想辦法回公司與那些不知道我躲在旅館和E祕密幽會的AE們會合，所以有點趕了起來的。

但我腦海中仍然浮現E天亮時坐在我身上，插送著我的陰莖的浪叫與狂野，我們從很冷的睡夢中醒來，由於前一夜仍然的晚睡和仍然激烈的口交……還有談及她們小學同學在飛機場附近上學的另一些怪事，但醒來之後，E就翻過來掀開被子舔起我的陰莖，我還沒醒，而且還偶爾會閃過那天空的空洞的印象……

其實，我昨晚看的某一本寫壞了的小說，寫的是一個晚上發生的很多人交織在一起又不那麼清楚的關係的事……寫得沒有之前那作家的小說裡一貫的很深的力量，但其中提到那種陌生人告訴了別人的某些瑣碎而私密的事的複雜，卻提醒了我很多情緒，和我在想E的很底層的部分有關，但看得並沒有很仔細，後來回家，很多情緒仍然放在昨天的那個晚上與書裡的那個晚上。

早上天剛亮而當E坐在我身上來了第三次的時候，我突然想起小說裡頭一個在日本 love hotel 那晚被客人強行雞姦了的中國妓女的暴力情節，有些很不忍但又很亢奮的情緒的裡頭……就在這時候，我房間裡的床竟垮了下來，有一隻床腳因爲我們太激烈而折斷了……

我回過神，一直笑，E也一直笑，我們竟然反而好開心了起來，並不管這種破壞了什麼

INK PUBLISHING

讀者服務卡

您買的書是：______________________

生日：______年______月______日

學歷：□國中　□高中　□大專　□研究所（含以上）

職業：□軍　□公　□教育　□商　□農

□服務業　□自由業　□學生　□家管

□製造業　□銷售員　□資訊業　□大衆傳播

□醫藥業　□交通業　□貿易業　□其他______________

購買的日期：______年______月______日

購書地點：□書店　□書展　□書報攤　□郵購　□直銷　□贈閱　□其他

您從那裡得知本書：□書店　□報紙　□雜誌　□網路　□親友介紹

□DM傳單　□廣播　□電視　□其他

您對本書的評價：（請填代號 1.非常滿意 2.滿意 3.普通 4.不滿意 5.非常不滿意）

內容______　封面設計______　版面設計______

讀完本書後您覺得：

1.□非常喜歡　2.□喜歡　3.□普通　4.□不喜歡　5.□非常不喜歡

您對於本書建議：

感謝您的惠顧，為了提供更好的服務，請填妥各欄資料，將讀者服務卡直接寄回或傳真本社，我們將隨時提供最新的出版、活動等相關訊息。

讀者服務專線：（02）2228-1626　讀者傳真專線：（02）2228-1598

廣　告　回　信
台灣北區郵政
管理局登記證
北台字第15949號

235-62
台北縣中和市中正路800號13樓之3

印刻出版有限公司　收

讀者服務部

姓名：＿＿＿＿＿＿＿＿　性別：□男　□女

郵遞區號：＿＿＿＿＿＿

地址：＿＿＿＿＿＿＿＿＿＿＿＿＿＿＿＿

電話：（日）＿＿＿＿＿＿＿＿（夜）＿＿＿＿＿＿＿＿

傳真：＿＿＿＿＿＿＿＿

e-mail：＿＿＿＿＿＿＿＿＿＿＿＿＿＿＿＿

INK

的擔心。我抱起她，陰莖還放在陰戶裡，往客廳走，E有點害羞……我發現我們又回到「火車便當」那種她兩腿夾盤住我腰的姿勢，而且走到沙發上，繼續做愛，她仍然坐在我上面，我仍然抱著她的腰，握著她的乳房。

她的乳暈始終沒有變大，而繼續堅挺我們一直一直流汗，也一直一直抽送，她又來了兩次，我說「你休息一下」我沒來沒關係，她說她腳軟了的時候，我才發現沙發也裂開了。

我們相視而笑，好像一起完成了一件像災難般的事，很高興，我其實是在這時候說到一點那小說的事，但還沒說到我的那個棋盤式建築的夢的害怕，她也還沒說到她的乳暈變大的夢的害怕。

我們並沒有再談太多抓飛機的事，我也在E去沖澡的時候在沙發上又昏昏睡去。

那時候已經超過三點我該去公司會合的時間很久了，但我仍睡了過去，在睡去之前，我還想起那小說裡那晚上一直沉睡的一個姊姊和另一個女主角她的妹妹貫穿全書故事的所遭遇的事。

我張開眼睛時，E抱著一條浴巾走到客廳，她大膽地拉下我擦汗的毛巾，又舔起我的陰莖「射在我嘴裡。」她說，看著我馬上又勃起而硬挺地很誇張的陽具。在那塌陷的沙發上。

我想到在肉圓店前她說抓飛機的故事的那天真的張開雙手的姿勢，但看見那桌上吃沒完的碗中那仍有餘溫仍有碎肉末與醬料露在濕軟肉圓弧面皮層的縫隙，就馬上也又想到她熱切幫我口交的這一幕，和她同時把手指又狠狠地插入我的菊花洞口。

對著窗外的天空，E說「小時候好可笑。」我很心動但說不出話，因爲那故事也因爲那場景，也因爲她把手指更用力地插得更深。

但在趕著往公司的路上，我，我又亢奮了起來，想到射在她口唇的溫暖時，她還深深地用食指在我濕軟的肛門縫隙試探我的餘溫。我覺得很疼，也爲她心疼，有種很深的歉意與莫名的害怕。

這是願望嗎？還是這是災難嗎？我的內心想用肉體冒險卻還沒籌好賭注？爲何我會縮肛地感覺到某種亢奮，但又那麼不安？和E所一起做起這種事的怪是我感覺到某種伊藤潤二式的精神錯亂中的莫名可怕嗎？還是她說殺怪物卻很好玩的那種太過自然而輕易的更令人覺得可怕嗎？

E不但喝下了所有的精液，還繼續用舌舔著我的龜頭的下緣，讓我持續地因之而亢奮，但我卻緊緊抱著她……因那時我的肛門仍無法脫逃她的愛撫她的入侵她的在那更裡頭的肉指的蠕動，而不知如何是好。

那個抓飛機的故事，和願望有關，和天空有關，和天眞有關，和我的夢與我的心動有關，但和飛機無關。

E的天堂筆記（拾參）敏妖

如果是玩敏妖來說，我當初就很重視裝備是否會增加敏捷這項數值和裝備本身的重量，敏捷會影響命中率，對拿弓的妖精來說是很重要的。一個厲害的玩家是會根據要打的怪的屬性去選擇要使用的武器的，骷髏系的都是怕銀系的武器，巨大型的怪物就要使用對大型怪物攻擊力高的武器，就是你遇到什麼對手就出什麼招式可以最快制服住你的對手。

E的天堂筆記（拾肆）法師

我練過伊之法師，練這隻法師的狀態是從等級一級就要開始練，因為之前有一個六十二級的角色，看這一個六十二級的角色賺了本錢，所以一開始練這隻法師就花錢把他每一個階段的裝備先買好，有裝備這樣練就很快了，法師的法術攻擊威力強，所以我就去一些等級比我高五、六級的地方去打怪物，這種練法是必須有好的裝備，因為必須去打等級比自己高的怪物，可是相對的經驗值對於等級比較低的我來說，比打和我差不多等級的怪多很多，不過這樣練風險也比較高。我認識的一個當廣告創意總監的老男人一直叫我教他在天堂二裡練法師這個角色，很可笑，他一直覺得自己上輩子是和尚，也一直以為他用「法術」開怪在這裡一定什麼都不怕……

第十三個故事
尼姑模糊的照片

有兩個感覺一直揮之不去，關於E，也關於那兩個晚上……

一個感覺是她把手指放入我的菊花洞口的遲疑，另一個感覺是她在旅館吃早餐時眼神的遲疑。

即使我們在那兩個晚上之間寫過那麼多色情的簡訊，而且裡頭不斷地提到肛交的細節：「尼姑會從和尚的脊椎末端第四節舔起，然後很慢地滑至肛門滑至睪丸根部輕輕地舔。」或「尼姑大力抓著和尚的臀，用力舔著和尚的洞。」或「無法停止還用力吸吮和尚的陰莖，當尼姑手指姦淫和尚的洞的濕，好渴好渴的想喝和尚的淫液……」

或是我也寫起「想起一張你的照片的大膽的淫的姿態使我更勃起到幾乎像狼人地從後面與你肛交。」

但……這些畢竟都還是寫的，想像的……

直到E把手指插入我的洞時，我事實上仍然是很驚嚇的，因爲她竟當眞了，或她竟敢眞的下手……

當然，我的反應使我更爲驚嚇，一方面我極技巧式想到是否要用KY或用保險套套在她手指上那種可笑的煩惱……但，另一方面，我卻只想到或許那裡仍有異味或不潔的餘便式的令我不好意思……

就在我如此閃神的數秒鐘，E竟然用她溫和柔軟的舌頭舔起我的菊花口，濕潤而輕巧，令我更爲不安了起來。那種感覺是一種很裡頭的感動，因爲她的侵犯，也因爲她的撫慰，因爲那是我心中我的肉體如此骯髒的角落尾端，也因爲那是她提起她所嚮往的色情的再大膽的前線……

我想到的另一個感覺是在那旅館早餐時她的眼神，那小商務旅館是一個既優雅又世故到有點做作的地方，提供早上用餐地方，不像餐廳，反而更像一個沙龍，牆上都是深色的木製書架，而且架上都是書。

那時候，我們都還沒清醒，甚至才睡了一、兩個小時，兩人激烈做愛到天亮，旋而在來不及沖洗來不及換衣就累地睡了過去。

但奇怪的是，當我再睜開眼的時候，發現E正專心端詳著我，甚至撫摸著我的鼻梁與臉……我有點心疼……她顯得那麼疲憊，那麼蒼白……像一碰就會碎去的瓷娃娃那麼嬌弱。

「我們去吃早餐。」我說，爲了可以讓她開心些或讓她移轉對我的臉的端詳……或移轉她的端詳使我隱隱地不好意思。

在那個沙龍裡，我也不自覺跟著變得有點做作，輕聲細語，動作變小而謹愼，並一面向E說起這個地方的安靜、高雅如何讓自己覺得不是置身於台北這個城市，而有種被照料的異國情調與悉心款待的豪華。

我發現E的眼神有點恍惚，不知道是沒睡好還是怕生，或是對於這種有點做作的優雅的抗拒。

我突然想起她跟我提過的她某個舅舅的事，她那曾在外婆家鄉下住過的一年，和我以前一樣，某段來自一個遠離台北離都市較偏遠的成長的過去。甚至，她雖然待過東京紐約，但畢竟是學生，不曾去過太奢華太細緻到令人有點不安的這種地方……

爲了讓她至少平靜開心，我開始嘲弄起旁桌的其他客人，在那裡，有些日本或歐美的商人穿著正式西裝準備去赴早上會議前的緊張，有些貴氣母親帶著被寵壞的小孩在那裡的放肆，有些則是年輕的情侶或偷情的不倫戀人，不安地在那裡邊吃邊張望他人……

「我吃不下……」她說，微笑著，有點靦腆……「我幾乎是不吃早餐的。」

我有點不安，我不知道她是否開心或安心，是否能在如此沙龍感覺我說的那種安靜的難得……但我卻想起我在她那年紀時，如果去了這種太奢華細緻的地方，我會變得反而緊張而不舒服……或，也開始恍惚。

我看著她穿得那肩帶有一點SM暗示的金屬扣環的華麗，開始想起她裡頭精心爲我打扮穿著的黑色蕾絲性感內衣，想起她那好緊好濕的陰戶的淫水不斷流出，想起她昨晚幾乎沒有閉眼，在我射精後沉沉昏睡過去，仍端詳著我的眼神……

在那滿牆都是書的沙龍前頭，我有點不捨，由於她也那麼地得體，溫順而微笑和我共進有點做作的優雅早餐。

那種揮之不去仍然很難明說，她舔入我的肛門手指放入我的肛門的大膽，和陪我吃早餐陪我喝咖啡的在華麗沙龍的拘謹……使我很難想像她的眞正的感覺到底是如何。

那麼那入珠的龜頭放入她那麼緊的陰戶時，她是如何感覺？那麼，也打了海洛因的她的肉體是如何用另一種不做作的方式優雅或昏沉？……那是我所不了解的，而E也不會說。

又回到同一個地方，同一張桌子。

在那商務旅館，到了check out的下午，兩個人還是很捨不得分開，甚至捨不得走，就在一樓大廳旁沙龍又坐了下來，那是星期六中午，人有點多，我們並不在乎，而且故意找回我們第一次去那裡的那張桌子。又談到天黑了……我們談到好多「如果」，如果第一次約到這旅館那天沒打通電話，甚至沒在那時候打或是在這旅館第一次那天我們就失控做了愛，那麼後來會怎樣，如此，講了好久好久……

最後……我用手機當E的面故意寫簡訊給她。

「尼姑願意到和尚家看寶物嗎？」

她也低下頭來。

寫了簡訊給我「我願意……」

下一個畫面卻已經是E被我用童軍繩綁在床上眼睛被矇住了……在我家的我的房間裡，她並不慌張，卻反而說「我要舔你……」

其實是因爲她拿給我看的筆記中有寫到她想讓人綁綁看這件事，而且「要綁得緊緊的！」E還露出有點高興又有點不好意思的表情說。

我用力拉起她瘦小的身體，兩手因童軍繩纏在床前，整個雙腿被色情地舉起，甚至全身都懸空了……而且肌肉繃緊而且整個肉體因此開始掙扎著不安著……

「尼姑」這個名字是因爲E有一回穿上一件極爲素雅的連身長裙而來的，她那瘦小的身軀穿上過大的像古代廟裡袍子的時候就顯得更爲奇特，因爲她怪異的秀氣，看起來，竟奇特地像祕密教派的女道士……

在鏡中，在昏黃的床上光線裡，甚至在數位相機拍出的影像中都如此優雅華麗，拿著相機的我對她說，對她微笑著：「尼姑，你的和尚也想舔你。」

她露出了有點靦腆的笑，是楚楚動人的，其實，我已經拍了她好久了，但她一直很緊張，一直不安而臉的表情繃緊……雖然維持了微笑……但我卻一邊拍一邊想著她被綁被舉起全身都懸空時的肉體，與同時的掙扎……

好久沒有想起這件事，E一邊笑一邊說「好丟臉！」

一直戒不掉吸奶嘴，所以八歲了才去念幼稚園。

怕會帶去學校……全家都很煩惱……

舅媽用辣椒粉灑在奶嘴上，但還是戒不掉，吸一吸，辣哭了還繼續吸，而且和同年紀的小表妹都一樣。

鄰居整群人圍在一個刀俎，故意在那兩小孩前把奶嘴剁碎，但還是沒用，甚至床底下出現以前遺失的好多奶嘴，因爲每天要換一個，晚上會掉下床，不吸又睡不著……

一群大人在對付奶嘴，在那木頭俎旁看著切成碎片的兩個小孩站在旁邊哭……印象中，我媽穿著無袖的洋裝，那年在流行，綠色的加白色點，長頭髮，很認眞在剁奶嘴……

「後來怎麼戒掉已經記不起來。」E繼續笑著說，那時候大概是五、六歲了……

她畫著一條街，舅舅家，在一個巷口的牌樓旁，一個戲院的廢墟的牆邊，再走一小段路就是巷尾，裡面滿髒空地，沒有好好整理，好像鬧鬼一樣，旁邊有個老伯伯賣麵，家裡永遠都暗暗的，有一天他去世了，有些大哥哥來幫忙辦後事……才發現他的裝小菜的木櫃子，上面有很多白碟子、紅碟子，好像晚上會拿這些餐盤擺出來做法一樣，在那裡，悶悶陰暗，甚至有尿臊味，很令人害怕，「但我又有一股奇怪的衝動，想要把這些碟子拿回家……」

「也就因爲這老人老在戲院廢墟旁擺攤，更令我因此而害怕，即使那戲院有陽光，還是很荒涼，沒有屋頂了只有毀壞的柱礎和屋頂的木桁架……雖然地方是很亮的，但卻仍然令我害怕。」

E說，「我每次回想這件事的時候，第一個畫面是切斷成好幾截的奶嘴，但卻是垂直的，好像被懸在半空中，也像吊在樹上，我們摸不到它，但那時候剁碎是在俎上，應該是平的，從上往下看的，但不知為何卻在腦海中一直閃現那好像釘在樹幹上的奶嘴截片……乍看，甚至又有點像用過的保險套……」

「很可笑吧！但那時候是很可憐的！而且還是我和表妹兩個人都這樣，現在想來很不可思議。」

但爲什麼那時候那群大人要爲這種小孩的事而如此擔心而無法招架……而且每天再買一個，只是因爲弄丟了奶嘴怕她們會哭鬧到不行嗎？

我其實已經想不起五、六歲那時自己的事，自己到過的地方，自己的壞毛病之類的掙扎，但我仍在爲E懸起全身的肉體掙扎而興奮而勃起……

我用雙手拉長拉緊她的雙腿，並托起她的臀部的緊張，將陰莖緊緊插入也懸空的陰唇……如此，她肉體的重量僅僅依賴雙手腕上的童軍繩與我們黏貼的性器官而浮著……而我的雙手抱著她的腰際，用力地拉扯她，讓她也隨我的抽送而移動……

E是很亢奮的，即使她雙眼仍被矇住，雙手被綁住，而身體被懸在半空中……

我甚至又拿起相機來拍她的裸體，她的被綁被矇眼的淫態，但很不清晰……光線很暗，而她又一直晃動，連我也是晃動的，我沒辦法像在拍優雅「尼姑」照時那般地從容，也沒辦法在陰莖勃起在抽送時能拿好相機，而冷靜地拍……

我邊拍邊想起她仍想爲我口交的唇，屢屢伸出的舌，慌亂中的我也用硬挺龜頭迎向她，但又無法叫她慢點慢點只是爲了拍照……

後來，每回想起這畫面總會有種奇怪的矛盾的情緒出現，因爲那慌亂如此令我亢奮又令我不免遲疑起來……

一如重看E那些簡訊裡的畫面「尼姑會從和尚的脊椎末端第四節舔起，然後很慢地滑至肛門滑至睪丸根部輕輕地舔。」「尼姑大力抓著和尚的臀，用力舔著和尚的洞。」「當尼姑手指姦淫和尙的洞的濕，好渴好渴的想喝和尙的淫液。」的大膽……一如在那個牆上都是深色的木製書架的拘謹沙龍卻老想起她舔入我的肛門手指放入我的肛門的大膽……

這些畫面卻使我更像那些小時候面對她的怪癖的大人們般無法招架而只能無助地擔心起來，很難想像她的眞正的感覺到底是如何。

我彷彿看到五、六歲的E，爲了某些不明原因，一定要舔著或吸著某種東西，一定要在某種廢墟式的童年的場景重新回想起一些情節的令她遲疑……

而這些畫面，都好像那些沒辦法拍色情照片招致的焦急或困擾，但卻也奇怪地令我心動……

或許，這些心動都懸置於半空中，時間的、空間的、肉體的……

一如「尼姑」的模糊的照片，虛幻而安靜而優雅……而楚楚動人。

E的天堂筆記（拾伍）無聊

我練法師都是自己一個人，不組隊是因為那時候等級低也不會練比較快，所以我就還是都自己練，也和那個老男人無關，他其實根本就不會也沒時間來「天堂」。不過自己練很無聊，雖然我有加入血盟但是和盟上的人都插不上話，所以我都是邊看電視邊打電動的，不然會很無聊，一直重複同樣的動作，不過也是沒辦法的，所以我那時有給自己訂下今天的進度，就是今天至少要練到多少，就像有一個壓力似的，就算無聊還是會默默的練著，等到今天的進度達到之後再看看要不要繼續玩，這部分很像上班族上完班要不要自願加班都看今天自己的狀況。而會想練那麼快其中一個原因是想快點二轉，因為想去玩二轉的角色，另一個是想快點到等級高的地方組隊練功，快點練成厲害的法師。

第十四個故事

觀音吐霧

覺得含住我那陰莖的肉唇口，不是一個女人的女陰而已，卻更是一條細長的生物體觸手連接到更遠更大更後頭的世界的黑暗或法力至深處的恐怖。

「呑下去的感覺是一種顏色，像長在樹上那種細細長長的東西，」E指著車窗外的一樹叢，說著，我還回不過神，她又指著她淺暖灰色的皮包說，「一般，都比這顏色還淡一點。」

我說「你的說法好奇怪！呑下去的感覺怎麼會是一種顏色，而顏色怎麼會是樹上的東西。」

「但是，我是這樣感覺的。」E仍無辜地說……

但是，那時候很暗，她說的顏色應該不是精液的顏色，不然應該是看不見的……而且她說的，只是一種聯想吧！

「叫做樹鬚嗎？」我勉強地搭腔，一方面怕計程車司機聽出來我們說的其實是關於口交關於射精在嘴裡的事。

「叫做氣根吧！」E說。

那是我們坐計程車回台北的路上說的話。其實已經下午兩點多，我趕著廣告公司開一個兩點半的會，已經遲到，而雨下得滿大的。

颱風的消息剛發布，空氣很悶，但風很大……「晚上會發布海上颱風警報……」計程車司機說。

我拉著E的手，有點不好意思，一方面因爲急著趕回去的匆忙，一方面因爲我們兩點才勉強醒來，兩個人都還沒完全回神……

「你還好嗎？」我問她。

「很好啊！但手還在抖。」她說。

其實我一直沒有跟E說，她的口交讓我非常地吃驚……並不是因爲她把所有我射出來的精液吞下去了，一如A片式地令我虛榮而不好意思，卻更是她在很久很久口交過程的好多時候的繁複技巧。

其中有一段時間她含入到吞沒我的整根陰莖時，牙齒開始沿著龜頭內圈旋轉，慢慢地深入到陰莖根部的內圈旋轉，並半咬半刺地磨著……但整個嘴唇、舌頭的包含又十分柔軟、輕巧，使得我陷入一種極度亢奮又極度恐懼的狀態。

我並沒有告訴她，我腦中閃過了好幾種畫面，從小時候那種自動削鉛筆機插入筆後引發的刀頭轉動的機械聲響與震動的恐怖，到某種中世紀刑具那種有圓鋸齒狀（或中國古代血滴子）式的駭人，到日本色情妖獸類卡通中那長出利牙的變體花苞或魔界女體的待餵入凡人陽物的有觸手式下陰穴口的可怕。

但這些奇怪的聯想卻令我更勃起更硬……

何況，E用一種更奇怪的方式環抱著我的兩胯之間，用她很細很長的手臂與手指，托著我的臀，甚至她很燙的肉體環貼著我的身軀……使我覺得整個好像被一種肉身關節很柔軟很長的放大的蜘蛛類的動物所捆住，何況她還將手指插入我躬起的臀深處的菊花口中，沒有給我任何的喘息餘地。

這眞的好色情又好恐怖的畫面，雖然房間很黑看不清楚，但一切的捆住、陷入的感覺，像極了妖獸卡通裡那變形成八足蜘蛛的女祭司，在最後決鬥中現出的原形，發出了法力，擒住了不再掙扎的受難童子。

尤其她輕咬陰莖根的細小動作和手指侵入肛門內的微微抽動……都讓我不太敢動彈，好像在某種極高難度體操動作刹那的令人屛息。

在這緊張中，我心裡一直覺得含住我那陰莖的肉唇口，不是一個女人的女陰而已，卻更是一條細長的生物體觸手連接到更遠更大更後頭的世界的黑暗或法力至深處的恐怖，那是我無法想像的如鬼魅如《倩女幽魂》的姥姥舌長地無法逃離。

雖然在簡訊中E說我是和尙，而她是尼姑，或說我是釋迦牟尼而她是蜘蛛精，整個做愛的過程讓她仍然「手還在抖」而好像「快要死去」。

但，在計程車上，她卻側過臉來用好天眞的口吻說：

「我好開心！」

那時候，車窗外的雨勢變大了，我們從旅館沿著淡水河也水位變高的川流，向市區前行，我指著更遠方的山上更加密布的雲說：

「觀音吐霧吐得更厲害了。」

我還記得到了五點多天亮時，我仍然把E壓在窗口面河的那旅館房間那張躺椅上，讓她靠著椅背，張開抬起雙腿，死命地抽送……在她來了兩次快喘不過氣來的時候，指出大片窗面外的淡水河和觀音山在熹微的晨光中說：

「那叫做觀音吐霧……」

我還沒有來，她說她快死了。

其實，剛開始時我並沒有那麼想做愛，甚至帶E來這個有大面窗口大面風景的河畔旅館也並不一定要怎麼樣的……我只是想離開都市想和有好一陣子沒見的她再多談談。

談談她的「亂」。

電話裡她只說她前一陣子和另一個有邪惡感的男人做愛的事，但並沒有說更多，只是「好像都亂了。」

我腦中拼湊更多E跟我說的情節，再更早一次，她寫來的簡訊「和一個入珠的男人搞，眞的覺得自己會死掉。」

其實那個男的還是藥頭，她和他做的時候還有用藥，而他還是她朋友的男朋友……

我不知道怎麼說，我還記得她寄來一張以前在紐約拍過的照片。在照片裡E好美、好妖嬈。她臉在森林的霧中，光線很迷離，像王家衛電影裡的色澤那種豔，但卻面孔是扭曲，肉體也是扭曲的。那是她 e-mail 寄給我的裸身照片中最動人的一張，但也是最駭人的一張。

我覺得E已經完全地變成了她一開始希望變成的人，也就是她提過從紐約回來後想變成的那種人……只是她還不知道。

太快了，也發生了太多事。

這一陣子，E不再只是我的一個印象中剛從國外回來的小女孩，耿耿於懷自己沒有在台灣的男朋友男性伴侶之類的自嘲，卻反而變成是另一種女生，有種更強的渴望來找尋離開了多年的台北的男人去試試她自己的更深更裡頭的「野」。

她的野因此來得好凶猛，但也來得好怪，她說她想試試那種很台的很野的男人。

我才準備好和她談大衛林區談村上龍。

但我想我好可笑，E她早已經開始她的更眞實更變態也更有犯罪感的肉體冒險。

雖然我們偶爾寫著玩的簡訊越來越色情，我們寫給對方看的 e-mail 裡的故事越來越大膽，但E自己的冒險顯然更野也更遠的。

其實，我們在之前，還曾經一起寫色情小說，曾經從晚上在黑暗做愛好幾回，兩個人好像黏住了，溶化在彼此的肉體中，我從來沒有遇到過一個在肉體中這麼這麼「溶化」的如此美好的「對手」。但現在她已然野得如此凶猛。

在我印象中，她的身軀仍好柔軟，雙腿好緊好緊，舌頭好靈巧，還是只好像個「少女」而且是「天分」極高的少女。

但我卻覺得好不捨。

在快天亮的窗口的觀音吐霧遠景前頭，她好急著爲我口交，使我覺得她好悍好好強，她在紐約或東京所遇過的男人一定沒有好好在做愛中憐惜過她。使她在肉體上變得無法示弱。

我記得我在黑暗中要求只是擁抱好久好久……不一定要做什麼，或是越緩慢越好，只是很輕很柔地吻著她的臉頰，聞著她的氣味……

對我而言就很好了……但她卻仍然很想很想多舔我一點……而且奇怪地問我希不希望我射在她的口中……

其實，這一回我射在她的唇中，我都還是很不忍，即使我覺得好亢奮，好特別……但，我總覺得那感覺對一個女生是很不舒服也很不道德的。

即使這兩回做愛之間，我們從玩具與主人偶爾轉換成以和尚與尼姑互相調情互相調笑的過程，她總會提起下次「要讓我『吞下』」的要求時，而我總是笑笑帶過。覺得她的好意好令人不忍。

這兩回做愛之間，我去了紐約，她上了W，我生了重病，她試了海洛因，我捲入了好幾個超乎我能力與經驗的廣告的國際合作案子，而她陷入了更深更迷幻的肉體冒險的困擾。

而或許她有更難的更複雜的麻煩，我能幫的也很有限。

我也不多問，如果E沒有多說。因爲我知道她陷入了更深更迷幻的肉體冒險的困惑、恍惚的難以擔待。

一如她說的她對男人說的謊越來越多到不知如何是好，一如她說她和W那入珠的陽具做愛的用藥的好昏迷又好清醒的迷幻，好緊又好濕的激烈……

或甚至是一如她說的「我的精液吞下去的感覺是氣根的顏色」，我總覺得我並不眞的了解她的很悍的肉體更後頭的野與困難……

E安慰我，「或許，只是想用少女般的天眞試一試那種邪惡感。」她在外頭仍然是一路綿延的觀音吐霧的車窗前對我微笑地這麼說……

在那颱風越來越大的風雨中，我想到我的陰莖，正被一條有肉觸手或是E說的肉氣根的「口」所吞沒，而肉觸手因爲她所連繫到更後頭更大的恐怖或黑暗是什麼邪惡我仍然不清楚。

只是卻因這種她的邪惡感越來越亢奮地勃起。

我還記得，之前，我在某一天晚上由於彼此寫的簡訊太過色情而要求和她用彼此手機裡的聲音手淫，她躲到W家的陽台，而我在國外旅館裡，兩人隔著遠方，激烈地做愛。而且也是在黑暗中。

我從來不知道簡訊的句子可以如此如此輕易地令我勃起，我可以看著她的文字手淫，而在那麼遠的時空裡射精。

E的身世的野令我對她更爲同情也更爲著迷。但也更爲焦慮。

我想知道她與W的更多性愛的細節，也想知道她用藥的更多小心或不小心，或她同時面對的另一種男人的更多擔待……

E把我當成一個釋迦牟尼式地可以爲她蜘蛛精般的妖與困境提領法力道行與出路。

但我或許只是一個修行比她還有限的和尚，而且還覬覦她的美色，沉溺於我們相遇相「淫亂」爲彼此人生試煉的迷信……的巧合。

我並不覺得在這些更深更黑暗的部分，我是她的道長或同學的同修式的可以信賴。

甚至我還善意地不希望「射在她口唇中」的好心，或許，只是殘存的童子式的昧於「妖法般的淫亂」的無知。

但，我也絕對感覺得到，E也並沒有那麼世故，那麼邪惡，那麼自然而然的淫亂。

或許，她正像那些妖獸卡通中典型地較弱較可憐的女生被附身而變成的法術淩厲的巨型肉身妖怪……而自己渾然不知。

我仍記得更早以前，她剛回國那兩個我們做愛的晚上，進旅館房間後，她坐在長椅上，我坐在床沿，很慢很緩地喝茶談話，好久好久，談過去的事，談家裡的事，談看的小說的低迴，談自己寫的東西的心虛……甚至，更早有一回，她到我有時住的公司招待國外客戶的商務旅館，我們就這樣談了一個晚上談到天亮，我送她去坐車。兩個並沒有做愛，甚至親吻擁抱，連手都沒有碰一下。

我們談到「王家衛」式或「紐約」式的淫蕩，談到某些雷同的令台灣的人費解的名字，他們較迂迴的色情，他們被我們身邊的人所無法了解或甚至不曾聽過的風格中那種陌生。

我買了一件 Jean Paul Gautier 的毛線衣給E，「當成鬼月裡的情人節禮物……也好！」她在觀音吐霧的窗口穿上換裝出來，半粉紅半米白的網狀衣裡頭穿著淡青色的胸衣，性感極了，那衣服好緊，又好長，貼住她蒼白的肉體，有種更詭異的嫵媚。

我在舔E的細長的肩時，隱約感覺到她的亢奮，一方面因爲我的舌游移的緩慢，一方面因爲那衣的羈絆……也可能因爲她的月經血流出來了，伴隨著淫液，我說我不在乎，「床單髒了也沒關係啊！」她說「不行！」

我想到有一回，她要求燈要全關的事……

一種奇怪的依然少女式的矜持仍然是如此矜持。

而我能再溫柔一點什麼更多送她一點什麼讓她開心一點什麼？

「食指慢慢劃過和尙的額頭隆起至二眉骨間陡峭瞬間滑落至深得低陷的二眼間山根，再往下滑有個明顯突起的結節，鼻骨鷹勾好挺，內鼻尖落至人中經過微微俏起的二片唇，又來到像飛簷的曲線，以鈍弧收起下巴，很奇特的一條中軸，將和尙分成兩半。」

E在颱風那前幾天的風雨之夜寫來的簡訊，寫著如此將我的臉剖開的地理學的動人……

但我仍然因此想起她說的「呑下去的感覺是一種顏色」，她說的長在樹上那細細長長的東西的隱喻，那是一種超乎我想像能理解的跳躍，用「生物」來象徵「顏色」，再用「顏色」來象徵面對一種「狀態」的感覺。

對我而言，那是一種修辭學高難度的操作，一如她描繪我的顏面的地理學式的壯闊、繁複而遠遠不是我所能想像或理解……

一如觀音吐霧的迷離。

一如她所說的「呑下去」我的精液的感覺。這句話背後的無比黑暗無比恐怖的邪惡感……

E的天堂筆記（拾陸）組隊練功

說到組隊練功就會說到我那隻六十二級的精靈劍術詩人，玩這一個角色到五十二級之後，我就開始和人組隊一起練功，就是這樣配合，需要默契的。而這裡就有點奇怪的是，可能因為每一個玩家都常常組隊，所以就算每次隊員都不一樣也不會影響到組隊的運作，當然有時候也是會有組到沒默契的隊員。那為什麼會需要組隊呢？因為玩家到一個等級之後像我那時五十二級就去一個叫龍窟的地方組隊練，其實是太早的，通常都是五十六之後才會去，等級到了一個程度，要練功打的怪也當然都是比自己高的練得必較快，所以怪獸等級也都比自己高，到了這一個等級的怪物，通常如果是在地洞或是塔裡的怪，血都會是他本身設定的二倍，同樣的怪物在地洞裡血是一般地區的二倍，另一個問題是，如果打怪時間長了，因為這些地方的怪物密度也高，有時候正在打其中一隻時，會被別隻的怪物打的，當然也是可以自己一個人練，但是打怪時間長怪物又多這樣的練功效率是很低的，所以才會需要組隊，雖然經驗值會大家分，但是因為怪物密度高，所以就彌補了這一點。說到組隊，組隊會因為去那裡練功組隊的成員而會有些差異，有些地區的怪物會麻痺，那就需要一個會解麻痺的法師，看地區怪的特性，不過基本上一定要有一個戰士、舞者、詩人、法師，練功就像一個team一樣必須分工合作的，戰士必須知道那時候適合再去引一隻怪，法師要知道那時要加狀態和補血，舞者知道那時要跳舞，詩人要知道那時需要唱歌。

第十五個故事
這次死亡是眞正的死亡

「你以爲要入就可以入喔！」

E用一種很奇怪的凶的口吻說，接下來就笑了出來。

我知道她是學W的說話方式說著W的事。

「他在哪裡入的。」

「在監獄裡。」

「一顆大概有一公分大小。」E用手指頭比著一個指甲大小「但每一顆都不一樣大！」

「爲什麼？」我好奇地問。

「因爲每一顆都是用手磨的，當然不一樣大。」

「而且是用監獄裡的玻璃器具故意打破之後拿來磨的。」

我一直在想這樣的東西，用這樣的方法，是要消耗多少力氣多少精神多少時間！

「要找時間！」E又用起那種很凶的口吻說「你以爲在監獄是隨時可以入的喔！」「而且

是要一群人一起入的。」

「那是和身分有關的！」我想像著那大概是和我童年印象中的黑社會刺青那種有點可怕有點犯罪感的花樣是雷同的吧！「要像老大那種地位才可以入！」

「痛嗎？」我問。

「痛得要命，」E說「他說痛到不能走路。」

我一直在腦海裡浮現著我自己當兵或念和尚學校住宿的那種不得不在一起生活的某種像好萊塢逃獄片式的無奈與難過……但我還是沒有更認眞地問她到底被入珠過的陰莖插入的感覺是什麼？

事實上，我更早前有一次問過，E也說過，甚至也寫出來過，那時候那幾次她用了K，變得很無力又很濕，而W用按摩棒用跳蛋弄她，弄得更爲像日本A片裡的淫……

我記得她寫來的簡訊是「和尚我和一個入珠的人上床我第一次意識到自己會在這次的性愛中死亡是眞正的死亡」。

但我更想到昨晚我們看的另外那一部名字叫做「美麗的獵物」的電影。我和來我家的E在被窩裡，用睡前最後的一點力氣看著電視，事實上我們已經睡了在一起到半夜，我捨不得讓她走，甚至也捨不得讓她睡，我一直抱著她，一直用陰莖在被窩裡頂住她……一如前幾個禮拜的去旅館的那一天。

「其實在SM裡面，M是具有主導性的力量的，受虐的人控制了虐待她的人。」在警察局裡，一個老警察對著年輕天眞的女警察主角說著，在偵察了這件涉及受害者被虐待的情節時……他如此提出了一種很不同於尋常的解釋。

尤其面對那美麗的女受害者胸口那一道很長很長到三、四十公分橫過兩乳房之間的傷痕時……

我又看了E一眼，她正專注地看著那片子裡奇怪的故事與角色的發展……一點也不在乎我已經看過或爲什麼我放給她看的原因。

「把手指頭往後折的那一剎那，是不是很痛，但，在痛的那一剎那突然什麼都忘了。對不對！」那女受害者在後來竟反而開始勾引那年輕女警察，或甚至用這些奇怪的理論來說服那天眞的女警。

我想到E的天眞。看到這裡，我深深覺得我是故意的。雖然我並不承認。

那個女主角的老公是個有名的建築師，而且就住在一棟有名的他設計的怪怪的白房子裡。

有時候，我會轉過頭去偷看E的表情，她並沒有太怪的反應，劇情仍然還在往下發展……越來越曲折，建築師老公死了，老男警督也死了……我想到W。

事實上，那個男的老警督受誘去捆綁虐待那女主人的那一個密室被那個年輕的女警察看到了。而且是女主人刻意安排的，門縫中窺視的臉表情的複雜和穿著性感SM內衣的華麗……是如此動人……

我把手伸向E的也發熱起來的肉體，但並沒有更大的動作，只是來往地用手指挑逗她愛撫她。但，E也伸手過來悄悄地握住我勃起的陰莖。

「把那個情人殺了之後就可以永遠擁有對方。」

這是電影最後的很奇怪的話，那女主人對女警察說的，因爲所有的男人都死了，而女警察的天眞也不見了，她開始也穿很性感在酒吧抽菸喝酒釣黑男人……

最後，女警察遇到了使她變成這樣的人……但女主人對她這麼解釋她的動機。

「我並不是喜歡受虐，我只是喜歡把圍在我身邊的牆敲壞。」

我覺得E看到的比我想的更多，E想的也一定比我預料的更多。

我覺得W和我可能都只是她的牆，或是幫她把牆敲掉的人，甚至，是最後應該要心甘情願成爲她的犧牲。

至少，我是這樣想也這樣願意的……所以我知道也感覺到那電影裡男的爲什麼都要死……

但是有一段女警察好幾天被強暴在樓梯間的戲，我仍幾乎看不下去了。

太直接太暴虐地把她剝光綁在樓梯欄杆一直地姦淫地……用那惡徒式的殘酷與暴力……

雖然那也是美麗女主人授意的，她認爲只有這樣才能開啓天眞女警的SM的稟賦。

但我仍覺得這個橋段太過生硬太不夠曲折……

或許，這只是我的困難或不忍，畢竟如此的故事仍也只是一部色情題材的警探推理劇而已，還是日本片，我能再多期待什麼……暴力好像是難免的。

一如E還是咬傷我了，在電影看完到我們做愛起來的一開始。她變得很暴力……其實我也是，我舔她的陰唇舔她的兩胯她的臀都好用力，都有些咬得讓她有點痛地舔。而E所有的動作也都變得好激烈，她用力拉開我的腿，用力含住我的陰莖，在唇舌間抽送時，我還一時有點擔心起她會不會咬傷了我……因爲一直亢奮地太用力地可怕著。

但，奇怪的是，這些擔心都變成更強的催情劑式的激烈……我推倒她，她推倒我，所有的抽送都更強，她坐到我身上，很緊很用力地幹我，動作比過去更大更晃動。

但我卻不免想起電影裡那滿身是傷的女主人的眼神，那種又無辜卻又狠心的煽情。E顯得投入，我覺得她也好像在片子裡找到了某種複雜但卻又激烈的色情感。我們彼此既是S也是M，既施虐對方，也受虐於對方……好用力也好精疲力盡。

後來想想，整個過程奇怪的反而是，E要求在射精後仍然要爲我口交，她說，這種感覺很不同，在我已經無法勃起時……

精液雖然拭去了，我覺得陰莖應仍殘留保險套橡皮諸種異味的不舒服……她的舔使我不忍……她應該也累了，應該要好好歇一會的。

我在她仍然仔細舔著龜頭舔著軟的陰莖的溫暖中想到自己的好自私好不窩心不體貼，而且只是幻想著一種電影中虛構的太變態的激烈就掉在裡頭，甚至，不免就陷入這種SM故事的太華麗之中。

而且還以這種SM來對應並解釋自己和E兩個人之間的色情感那種還有點生硬的關係是很有啓蒙的意涵的。

甚至，我想到W，我覺得E和他的聯繫或許更多是因爲她的朋友、她的成長、她的好奇、她的冒險……而不是W的入珠，W的江湖氣，W的更離奇的入獄或藥頭的生涯……或是他們的日本A片般的做愛……

而我的嫉妒來自我的天眞也來自我的不解，來自我的不免既不喜歡W也同情W，我的既害怕W也好奇W……在E說到她和W的一如快死掉的做愛過程的離奇時，我仍覺得的情何以堪。

或許，我只是害怕。

「如果W並不存在，你說的和他的所有事情的離奇，都是你虛構的，我們會怎麼樣呢？」我對E說。「我會更同情你更喜歡你，還是會更害怕你更遠離你。」

或許，我其實不是那電影裡背後的壞人，頂多只是那個天眞的女警察，而E才是那可怕的女主人……

但W是不是那惡徒？

我和E這種做愛的激烈是不是只是爲了施虐與受虐對方？

但我們還是可以那麼地溫暖而溫和地相擁而睡而已……好幾回都是，我們只是一起說話一起吃飯一起看DVD到連兩個人都好累好累，還是很開心著像情人那麼黏而甜美的。

不只是做愛的投緣與喜歡……不只是睡在一起啊！

更不只是爲了施虐與受虐。

雖然我不免喜歡曾經綁過她的某一次做愛的激烈。雖然我們因彼此不免對SM氣息或行頭的某種莫名好感而更亢奮過，在那多次的做愛過程中。

我常想到她說過的更多次的她的童年的一點也不亢奮的尋常故事。也想到她多回問過我寫小說是爲什麼的很難的問題。

但我們仍然還都很開心的啊！

我甚至記得她說過的小時候躲防空警報的事，在自己家裡那種木頭扇門連成的正入口牆面的縫中，探出頭看向外而去，看向街道是如此奇怪地空蕩著。「沒有人啊！」E說。

「不要看，會被壞人抓走。」她媽媽會用很凶的口吻這麼嚇她……

我想到W跟她說「你以爲要入的就可以入」的那些E轉述的很凶的口吻……

對我而言，這些很凶的口吻說出來的恫嚇，其實都好遙遠好虛幻。

像躲防空警報那種面對始終沒有壞人出現的躲藏的演習，沒有戰爭，沒有敵人，甚至沒有人……

在外面……我從E的記憶的門縫跟著她探出頭去……並沒有什麼人恫嚇我……而且往外看去，什麼都沒看到的。

或許，我們要敲壞的圍在我們身邊的牆並沒有那麼我們想像地難。入不入珠、是不是SM，就像這些很凶的口吻的恫嚇，其實都好遙遠好虛幻。

E的天堂筆記（拾柒）練功點

在一個地區中都會有幾個練功點，就是這些地方怪物再出現的時間比較快，這些地方就會變成每個隊伍會常停留的地方，一個隊伍通常一次練功時間都是二、三小時，不過如果有人從外面帶補給品就會更長，而中途有人要下線的話，就會直接再找隊員到這一個點再組隊繼續練，一個地區就這幾個地方而已，練功點是必須去佔領的。

E的天堂筆記（拾捌）奧塔

到一個地區去練功中間移動的方式也是有差異的，像是龍洞只要傳送就可以了，可是像奧塔好的練功點就是十以上到十二樓和到十樓到八樓這些地方，而且在奧塔的十樓是玩家會聚集的地方。所以那裡就變成了一個中繼站，而通常要去奧塔的人都是先到十那裡，至於要十樓當然是從一樓開始，而且都必須組隊，有時候甚至會有二、三個隊伍一起上去，因為在奧塔五樓以上就是很危險的，我還曾經有過二個隊伍一起上去，但是在還沒到十樓的路上，隊伍就被怪物打死了，奧塔十樓這一個練功點，會讓人再花這時間和風險，不是沒原因的。因為這裡怪物等級都是六十六起跳，組隊好練而且這裡又會掉稀有的寶物，所以就大家都不要命的往那裡去。「奧塔」的「奧」字好像就是這種意思。

E的天堂筆記（拾玖）死掉

玩天堂二我幾乎都沒遇到什麼練功的瓶頸，不過玩天堂一倒是有。就我那時角色練到四十九級就很想衝到五十級，但是四十九到五十的經驗值就像重練一隻角色從一級練到四十九級，玩線上遊戲如果一直沒看到有進展，會讓人很玩不下去的，就像撞牆撞不過去，所以最後，我就真的因為這個原因放棄了天堂一。當然想練快所以就會去怪物強的地方練，相對就比較會死，我就是在四十九級一直徘徊，升多少經驗值就又死掉，不斷的。

消失第十六到第廿二個小故事

16 哭了

在蚊帳裡，有一個戴著狐狸面具的女人……

我跟E說，我像裡頭那個老頭演的那個性無能的老公……在旁邊看著，只能露出興奮又難過的表情……

那是一個很奇怪的色情電影，整個過程像個祕密宗教的儀式，但卻又像是綜藝節目式的特殊民俗技藝表演，不過還好沒有變成鬧劇，而是異常嚴肅著。

大概就是找了三個男的輪流和那個女人做愛。

三個人從老日式房子外面走廊成列排隊慢慢走進來，也戴著面具，然後坐在蚊帳旁，很規矩地盤腿，一動也不動。

過了好一陣子，有奇怪的聲音響了，第一個男的也跟著動了一下，之後，才開始，他先向那老頭老公鞠躬了一下，然後慢慢掀開蚊帳走進去，那戴狐狸面具的女人卻一直沒有動，一直到男人打開她的雙腿，把她浴袍撩開，用勃起陰莖插入時，才呻吟了起來，就這樣抽送到射精在她胸口。

第二個男的，在第一個男的走出來回到原來坐位後才站起來，也同樣地掀蚊帳走進去，但卻用雙手一開始就把她的浴袍打開，用手指色情地揉弄豐滿的乳房，過了一會兒，才從側面放入陰莖，邊抽送邊舉起她的腿，那女的，顯得非常無助但卻呻吟地更大聲。

第三個男的，一走進蚊帳後就跪了下來，用更粗暴地把她翻過來趴在榻榻米地上，把面具都弄歪了，但他就從後面把勃起得很誇張的陰莖插入她的陰唇，很用力地幹她，根本不給她有喘息的機會地。

那老公一直在蚊帳外看著，臉上持續露出那種一開始就很痛苦又很亢奮的神情。

「我手淫給你看。」E說。那是半小時電影看完後，她很溫柔地爲了安慰我而說的。因爲太早射出來，因爲看那電影時我就太亢奮了，當我進入E的時候，才抽送一會兒就不行了，因爲剛才看那電影所以兩個人就很快地做愛起來，但她還沒來我就來了。所以我只好趴在她兩腿之間，舔她，看她用兩手揉弄她的陰蒂和陰唇，臉上露出恍惚的表情……

那時，我正抱緊著她，但腦中一直浮現那狐狸面具的女人，和她那老頭老公的痛苦表情，一直到她也高潮了……

這時，我突然聞到房間充滿精液的氣味。

但E卻哭了。

17 煙火

長得很台很普通的計程車司機用很粗鄙但很流利的台語說話，「最近生意太差了，跑了兩三個小時到現在才載到客人！」他心不在焉，只是一邊笑一邊對著無線電講。

我和E剛上車，並沒有特別留意。

「我們兼差做點別的吧！」

「做什麼？」

「伴遊！」

「還不錯，像我這麼帥。」那司機看了一下後照鏡中的自己，一邊笑。

「怎麼開始？」

「去找貼紙來貼！」那無線電傳來也一邊在笑的聲音「上面印著：男伴遊，租車，也租人啊！」

「那來了小象隊怎麼辦？」

「這樣才有得賺，美女你就要倒貼了，笨。」

「或許是五十、六十歲的阿婆！或許是他家的母貓！」

「那也只好接了，要專業一點。」

那是在從東區往西門町河邊的路上，我和E去看煙火之前。

「水門還在不在，太久沒來了！」我問司機。

「你說的是老房子那一帶？」

「對啊！」其實我心中也不確定。

司機笑了笑，說他不一定找得到。

「水門那邊有很多女鬼長得很美喔！」

18 癢

有蚊子叮，我竟睡不著，天氣變得很誇張，忽冷忽熱，晚上有種奇怪的空氣，而我的手指也有一種奇怪的癢。

我一直抓癢，又點起蚊香，但翻來覆去好久，仍然沒用。

天又亮了，但還是睡不著。而E卻在旁邊睡得很沉。

就找出A片來看。

我找到比較有劇情的，而且是古裝的。

但不知道後來下場會是那麼慘。

那名叫「金瓶梅」的片裡，有一段很色情但又很怪。就是在花篷架下邊搖鞦韆邊做愛的場景。持續了很久，一個鏡頭是潘金蓮的豐滿胸部，乳頭還穿環一直抖動，在鞦韆上晃動而令我亢奮，但另一個平行剪接的鏡頭卻是西門慶的恍惚、難過……最後甚至吐血。

如此替換進行著，我靜靜地手淫，怕吵醒E。

但就在射精出來的時候，我卻看到那吐血的西門慶的臉的又亢奮又痛，而且一直抽搐……也就是歷史上最有名的脫陽而差點當場死去的那一段情節。

我又繼續睡不著。

但不癢了。

19 推理劇

「在夢中，我是個女人。」我跟E說。

我走回租的房子，但要經過一樓，才能到我住的二樓，是那種中南部透天厝式的鐵門，在正面的那種入口……但我並沒有看到鐵門，只是進去，是整個像客廳的空間，而不是房間，而那個人就躺在中間，一開始動也不動，睡在塑膠袋之類的又髒又臨時性的鋪在地上的東西上，但光線有點暗、看不清，所以我有點吃驚，但在夢裡我卻好像認識他，是和我一樣租在同棟樓的房客鄰人，但也沒那麼確定，只是我仍保持禮貌地向他打招呼，然後經過他往後頭的樓梯，準備往上走，奇怪的是，一樓那個地方好破舊，牆壁的漆面剝落，有的壁紙也黏貼好幾層，但都掉了大半……地上積好多灰，牆角有蜘蛛絲，光線昏暗，很像走進一個廢墟或沒人住很久的房子……

那人長得很普通，但有點猥褻，鬍子沒刮很久，頭髮過長，好像很久沒打理過，而且眼神渙散像睡了好幾天沒醒那樣。

睡醒後，才覺得那人真像是最近看的古谷實漫畫《不道德的祕密》裡那種奇特的既平庸又不起眼卻是很變態的隨時想捅人一刀或性侵害街上少女的那種人……「但又長得像你！」我對E說。

其實，在夢裡，我並不覺得受那人威脅或影響，反而是那空無一物的髒房子……令我覺得不安，但最怪的卻是牆上的一個懸掛的神桌，一如所有一般家的客廳會掛的那種掛法，但那小小的紅色的神明燈的光澤在那地方的幽暗裡顯得非常怪，甚至那是房中唯一的光源……所以我和那人的臉都染著暗暗的紅光地彼此打量打招呼……

後面房間竟還有兩個更大的神明桌，他沒說是怎麼一回事，但桌上卻很乾淨有神像有供品，而且是在比較靠樓梯旁的地方發現的。

他提到本來在我住的二樓應該也有裝一個神明桌的，但後來改裝到樓下來了……

夢中另一段較短較不清楚的情節也是一直有他在旁打量著我，那時我正和另一個來借東西順道問候的鄰居太太寒暄，在做家事還同時和她聊天，她說了一些安慰我的話，但神明桌前的紅光令我緊張。

我想到了更多的之前看的一部推理劇中，一個涉入命案或誤殺了人的一個鄰居男的，在殺人前發呆並在心中問自己要在未來做什麼、或人爲什麼要活下去的時候，所出現的空畫面，天空，河邊，機車騎過去，或沒表情的那像E的人的臉。

「我在老公出差的房子裡有時也不想做家事地時而昏睡三、四天。」所以那空畫面可能也是我的幻想。

神明燈是什麼呢？

夢的最後，我也是經過那一個鄰人的房間到更樓上的我的房間，但樓梯更怪，走廊更窄，連走都很困難，那住更樓上的鄰居太太也很怪，很不起眼，但她和一樓的像E的男人的有點親暱的說話方式讓我覺得不舒服……

老作這種夢，鄰居的人老是不對勁地路過，怪怪的。

20 羅莉塔

「你有沒有到過怡客那種連鎖店的咖啡廳？」E問我。在做愛完我在抽菸的時候。

「那是過年年假的第三、四天，所以很少人。我坐在那邊看《甜蜜寶貝》那本小說，自己一個人，但後來有一個年紀很大的男人走進來。」她停了一下，接著說：

「是打點得很整齊那種穿西裝、西裝褲拿托盤……的老頭。」

「後來呢？」我拉了一下被單。

「其實，在那種廉價的連鎖咖啡廳看到那種一個人的老人，我是有反感的……」

「爲什麼?」我問!

「因爲每當我走進去走過去時他們都會一直盯著我看，很討厭，老人都這樣，而且那天人很少，在怡客，甚至，咖啡廳裡的音樂是咚咚咚嗆……那種年假的罐頭歌，或有些改編的很俗氣的但也是過年的演奏曲。」

「好討厭!」我說。

「那種老頭通常都是拿塑膠托盤，點一杯茶之類東西，自己一個人坐在那裡發呆……」E說，「老人在過年的時候出來本來就很奇怪，而且還一個人就更奇怪。」

「有時候他自己在哼老歌，手還一直在大腿上打節拍……一個人唱起來，但背景是很大聲的又爛又新的應景音樂。」

「更奇怪的是……」E瞪著因好奇而專注的我，說：「我正好在看那本羅莉塔式的書……說一個和他年紀那麼大的老男人在搞很多像我這樣年輕女孩的故事。」

「奇怪，聽你一說，我怎麼又勃起了。」我對E說。

21 幸福

我坐在NYNY的甜甜圈店前面的露天座位，有兩桌的人帶了大狗，坐在地上，因爲天氣太好了，有一桌是一對年輕情侶好像不是台灣人，但說的話很少……認不太出來是日本人還是香港人。

另一個有點年紀的女人很不專心地在看書，一邊打著電話好像在等人來接她。

有一個很瘦的怪男人走了過來，蹲下來一直很熱切地看著狗，他身穿一件背後面有很大蜻蜓圖樣印著的暗色夾克，髒髒的牛仔褲，行徑中流露著某種令人不快的氣息。

「牠長得好壯喔！有些很壯的狗會在電視表演，牠長大以後也會去吧！」

那人說話的聲音好大，所有的人都看著他，反而那狗主人有點不好意思……

「牠長得很好看，好乖……」

他越說越起勁，又大力地親密地摸著那狗，越來越令人感到不對勁。

而且那男的其實仔細看是長得有點猥褻的、瘦瘦小小，但卻又看不出有什麼惡意，而只是反應得太直接，太……輕浮。

喜歡狗的方式已經熱烈到有點離譜，就在他越走近摸另一隻狗，也接近我時，E打電話來了。

「你記不記得以前我告訴你的出現一個很長的走廊盡頭走進一個洞窟的那個夢，記不清楚了。」

「你以前說過，但我記得了，回去找一下我有沒有寫！」

「那一個好像是走去了一個完全不一樣的地方，但我不記得細節。」

「其實，我是因爲很討厭你才打給你的。」E說。

但我卻必須留意看著那摸狗的怪人越來越靠近我，雖然是背對著我，而且只去摸我鄰桌的大狗……雖然他還是偷偷地趁主人不留意在摸那母狗的乳頭和肛門，我想只有我看到，但我也假裝沒看到。

「我可是很生氣才打給你的。」

「我知道，但是……」

我還一直看著那人……

其實我正在看某個日本小說家的一本短篇小說，有一篇裡頭講到，一個母親回到一個夏威夷的海灘。在那裡他孩子幾天前衝浪時被鯊魚咬斷了腿而溺水死去。有種奇怪而平靜的哀傷。

但我被那個人和他接近那些狗的事的離譜所嚴重地干擾著。

但比起E打電話來實在不算什麼。

和E昨晚做愛時，一直在想那小說裡的小男主角少年時代的煩惱就竟然有點分心，我想到的是：那個害怕自己會得到幸福的衝浪男孩和美麗而天眞而體貼的女朋友在一起，卻時時問自己爲何會有這種好的命，而覺得不配……

那種我很早少年時代從來沒有過的煩惱，卻在故事裡那母親在海灘旁悼念孩子時想起來。

也在今天那隻母狗旁又想起來。

22 停住

從美麗華的電影院看完片出來，E說：「這眞是一部奇怪的戰爭片！」「對啊！」我說：「雖然從頭到尾槍林彈雨……但男主角卻一個敵人都沒有打到。」

走出來了，我和E坐在露天咖啡廳旁發呆，並看向不遠的天空。那摩天輪太華麗地像一種幻覺，甚至，太近看由於太大……而移動太緩慢，所以有種不眞實的感覺，雖然燈管變化顏色很快有種過度炫目的假假的卡通感。

已經快十一點四十分了。

小廣場上都沒有人，旁邊的咖啡座已經關門，而且連座位都收掉了。

我在花台旁抽菸。後來想想難得都不用排隊，就上去坐了。

E穿黑色短裙好看的長靴，上頭有繡著抽象的但像火焰的鮮明圖案。

而且上衣很緊，短外套也很緊，是一種很性感的裝扮。

我也並不是因爲她這種裝扮才帶她上去的，其實我本來也沒有預備要帶她去坐啊！

「是不是有監視的攝影機，那我們不就被拍了。」

那已經是我在摩天輪高空射精後好一會了，兩人坐下來剛開始相視而笑，我才對E說的。

高空的車廂裡看來看去，座位上方有些金屬的支架燈管與鐵窗，雖然有點複雜。

但卻看不太出來那裡有攝影機……

剛開始時，我只是舔她，跪下來，把她雙腿打開……或只是在腿側舔了一下。

我以爲她正專注地看著窗外的夜空。

但，慢慢的用手指撥開她的內褲，卻發現陰唇已然很濕……我才用舌頭比較誇張地伸向陰唇裡頭……到了更後來才更抖動地把她轉過身來……並撩起她的短裙，拉下內褲，粗魯地把我早已勃起的陰莖從後面插入她的陰戶裡……用很急促的方式……

本來以爲可以看到全台北的夜空的迷離的。但大面的玻璃雖然很特別，卻有鐵網遮邊，我覺得景致不是如預期的好。而且旁邊的小窗部分，風會吹進來，是有點冷的。

但激烈地在夜空中做起愛的E和我卻一點也不在乎，我們只是覺得好趕、好緊張，一方面怕別包廂的人看到，一方面也怕就快到下面地上很多人會看得到的。

剛開始的時候，只注意到一面是摩天輪的鐵架，很複雜的金屬支架羅列上下交錯挑開，從上空往下看，有一種很科幻的感覺，但卻是很華麗的場景。另一面，卻是看向台北整個城市的遠方……但因爲有點晚了，有些燈火已經不是那麼明亮，很難辨識明確的遠方建築的位置，但整體天空線上而言，還是好看的，只是移動很慢。

一〇一也已經熄燈了，要很注意看才看得到黑黑的那高樓在遠方的暗影……

當我剛開始也坐到她那邊座位時，由於重量不平均，整個包廂開始搖晃起來，但這同時我開始用我的陰莖抽送了起來，但因爲這地方太奇特了，抽送了好一陣子就想起剛才太突然的興奮也太衝動了，所以也就覺得該緩一緩，就停了下來喘口氣，當然也怕不小心就射出來，而且會射在裡面。

但就在這時候，她卻跪下來舔我的陰莖，用很色情的方式，使我幾乎完全不能動，那種奇特的「停住」一如在最高處包廂感覺上一樣。就幾乎完全不動了，停在一種「凝結於某地方」的抽象狀態，其實是接近最高空時候的移動的很不明顯，感覺就更爲不眞實。

她故意更用手用力抽送我的陰莖，放到她嘴唇裡，含得更緊，越來越快越激烈。

當我射出來了而且還射在她臉上時……我滿懷歉意，怕她不舒服，只想幫她擦一下，或好好地抱她一下……

而這時候，我看到她閉著的眼睛，神情也「停住」了，也停在「凝結於某地方」的另一種抽象狀態。

當E的眼睛再張開時，我發現她的眼神有點恍惚而迷離。

一如黑黑的那一〇一高樓在遠方天空的暗影……

E的天堂筆記（貳拾）尾聲：夢燈

「我睡得很淺。」

「我喜歡跟別人說，但沒有用。」

「我要睡的時候就會有很多聲音在那邊閃……但。」

「雖然睡的時候有的夢很糟……但我很享受那過程。」

「你有去做過睡眠測試嗎？」

「你有聽過『夢燈』嗎？就好像車的尾燈。在還沒作夢的時候，『夢燈』是可以把自己放進夢中的一種東西。」

「有意識地在夢裡，就可以為所欲為，有機會我想試一試。」

「有一個巫師和我談『夢』和談『性』，他說我兩者都會讓人有一種癢的感覺。」「所以他叫我不要困住自己，要想辦法突破，要有行動，但我也還沒開始。」

「我不知道那些夢的來源，也不知道夢的去向，更不知道夢的『原因』。」

「天堂會變成夢的元素嗎？我在想。」

「在天堂那裡我容易像睡過去或作夢那樣地玩或衝關或練功，像看電影還可以會進入劇情……我甚至在裡面演。」

「有一次我就真的進到電影裡去了，我也嚇到，而且很害怕。」

「練功是一種基本條件，『精神狀態』……才是關鍵，我覺得我有那種在遊戲中的精神狀態的特質，那不會讓我覺得像某些一般玩家的很空。我在找的是一種『面對死亡的恐懼』的出路，那是當年心理醫生問我的提醒我的。」

「夢完之後或離開天堂之後，你的問題會解決了嗎？」

「不，不能解決，因為，在天堂裡一直死亡但還會一直在別的村莊再復活的。」

「所以，那種你說的那種最困擾你的『面對死亡的恐懼』就不恐懼了。」

「因為，在天堂裡，人是不會死了。」

尾聲
結界——在台灣深山中禪修中心的四天

上太空（壹）

「箭烏賊是會殘害同類的一種生物。」

「烏賊是一種很強韌的生物，即使被漁人把所有手腳都砍斷了，只剩下的頭與口仍會抵抗蠕動咬噬。」

我一直把那霧白的柔軟的肉體當成是日本料理台上的某種像食材的美麗形體。等我意識到那是多麼殘酷的廝殺時，其中一隻已經吞噬了大半的另一隻的身體，而且多條彎曲而糾纏的曲足仍然纏住對方，那是生死交關的可怕的打鬥……

「更奇怪的是變身這件事，箭烏賊全身的皮膚都是器官，而且有變色的能力，使得只要頭腦一個訊息，全身會跟著變成各種顏色。」

在電視上看起來，就只是一團珊瑚，或一堆海草，但近看卻發現那是烏賊的變身。

我和E和A躺在旅館的床上喝著白酒，那是我們做愛前的一會兒，在最後的夜色裡，E闌珊地開了電視，轉了一陣子，就停在看著Discovery裡所播放的關於箭烏賊的畫面。

「變色的時間非常得短，拍得很困難。」電視旁白說著。

噴出黑的墨汁做為障眼的逃離，就在攝影機接近其變成很接近環境的顏色之時，那一剎間，彷彿一團變成半透明的白肉身，隨即一團黑霧湧來，那生物就不見了。

「有一種烏賊還更奇怪！」節目最後特別提到的：「是一種特殊的品種，它噴出紅色的汁液。」

因此畫面上在同樣肉體逃離的過程就更離奇！

像在海中湧出一團如血般的霧。

第一天

好像在交代後事，上車前兩個小時還在處理公司的東西與打電話，很煩瑣。

經過新公園，健行路，台中一中、衛道中學附近小時候的在這城市念書的「過去」又回來了。

那段青春期的倒帶很不明顯，因爲好久沒回來這裡了，卻因爲去禪修中心的公車很慢地開過，而竟然晃晃盪盪地不經意地路過這些「過去」。

我接到通知，那是更久以前一個老朋友幫我報的禪修中心的十天打坐課程，他們確定把我排進去了，從威尼斯回來好一陣子了。E仍然沒有消息，日子仍然沒有起色，想了想，去深入這種「什麼都不要了」的修行，或許我那越來越敗壞的人生會有點起色。

和助理談廣告公司LV這案子可能的沒有出路的最後，沒談完，而且還麻煩她幫忙打字改提案到半夜二、三點才弄完LV案CF片子事宜最後的交代……

和公司談了，並從旅館傳出去最後的東西，在一樓大廳沙發上和客戶講了一個多小時的電話，來往的人都在看我。

喝了果汁，而且看到什麼都想吃，是那種好像要收假了也好像要去送死的情緒。但也可能只是太忙了，太接近要「離開」了，想補償些什麼。

想到昨晚還看《蒸氣男孩》那種拯救世界的電影，對聰明天才家族與毀滅世界陰謀這種導演大友克洋式的故事是很熟悉，但十年沒看了，還是有點失望。我知道他想把未來放在過去，尤其是工業革命那時候來看，可是我太喜歡導演早年《阿基拉》那些更暴力更可怕的未來了。

看完電影的我想到第二天的我如此去禪修是去找未來的嗎？但，我的未來，我的那些可能更色情更暴力更可怕的未來，不也就是在過去就全發生過了。

後來，還打點了很多要打尖的細節。

去Sogo買T恤，本來只是想買兩件很簡單的黑色衣服在山裡替換，但進了一樓，就看到Chanel的字在正入口的牆面，好大好嚇人，但對現在的我而言，卻變得很窩心，好像是人間的最後一瞥。

我還在找路時，經過一樓香水專櫃旁，看到CK、JPG、Gucci還有其他好多的名牌，其實，本來只想找Body Shop買最簡單的洗面乳液，但這種時候卻突然想亂花錢彌補什麼的，其實我也沒那麼喜歡Chanel和Gucci的。

而且我不是要放下這些俗世的奢華的牽絆嗎？怎麼反而在這裡流連不捨。

結果當然還是沒買，但，卻是因爲味道不對而不是不想買。也就因此還在Sogo電扶梯上上下下好幾趟……好奇怪而可笑的對人間最後一瞥的流連。

到禪修中心前。想到公車很慢地開過的幾個小時裡這些晃晃盪盪地不經意地路過這些對「過去」種種的流連。想到上車前那些車站旁的公車司機和計程車運將的流連。

他們竟都知道那我要去打坐的禪修中心，「要去那裡的人都算『師父』了！」有點胖的計程車司機對我說，不但不計較我後來等不到人決定因只有一個人有點貴而不坐他的車去中心，還換零錢給我買公車票。

他們的善意是來送行的。

在車上也一直在比對這些對「過去」種種的流連。一些以前聽過的地方。用耶路撒冷或共產黨國家人民公社的版本對比這裡……用一種知識分子下鄉勞改太清醒的腦袋來修理自己……也一直用賓拉登神學士恐怖分子訓練營的版本來保持距離，用一種當烈士的準備能完全不「思考」而只是感覺專不專注來對焦自己。或，就只是用E那種打天堂線上遊戲或《駭客任務》式的「任務」中跟法師打坐唸咒練功的修行，來當法門。

但也好像都不是。

到禪修中心了。

「禪堂」是一個什麼樣的地方，第一次進去時，因爲挑座位，因爲男女眾分開要等，因爲很密集很多人坐在一起一動不動；像蛹……像異形的蛋群，像怪雕像，像受詛的「硬化」而不能動的人們。我始終覺得不舒服。

而且在這裡要不能動不知多久……

禪堂後面，池塘那邊的草坪可以散步，有點像放風場，旁邊都只是種不知名蔬果的田，有很尋常的鐵絲網隔離，這裡不是聖地或祕境什麼的，其實，有的只是一種鄉下同時是山裡的荒涼，而且是離田農舍離養豬場很近……的地方。

這個禪修中心讓我想起有一回看到一個很廉價電視靈異節目的畫面。

指著一個身後如這裡草坪的空地的荒涼，被訪問的那個法師說：「台灣每年有七、八千具屍體沒人認領，有些是沒有頭的。但，還有更奇怪的，是找到的只有頭，沒有屍體。」

法師嘆了一口氣，接著說：「被棄屍的，如果是在海邊，還可能是大陸偷渡時出事的。但如果找到的時候頭面向地下，沒有辦法找路回去，這種狀況，就更算死的比較慘的，好像亡靈都被困住了的。」荒涼空地的那個法師最後說：「像是在這種山裡怨死的，更糟，如果沒辦法破案，亡靈因為也沒辦法回去投胎，就會在人世作亂，要用蓮花化身幫他引魂出來，有很多不好的事會發生，做法事招魂回來要很多次，而且也不一定會成……」

上太空（貳）

「好像上太空。」E說。

「其實我們看到的我們不是跑車，而是太空船。」

我對E和A說：「不是那種長得很好看很炫目的像跑車的車而已。」我有點覺得自己太刻意地想討好她們，但又忍不住地有點可笑地說：「我在你們車裡發現幾個不明按鈕。」我用假裝很鎮定的口吻對她們說著，「我真的知道！」

「只要按下那不明按鈕，你們就會變成是太空船。」

那以設計感著名的旅館的用色是近乎超現實地極端地白，門廳裡是白色的，check in 櫃台是白色的、天花板是白色的、牆面是白色的、吧台是白色的、沙發是白色的，甚至窗邊的樹都漆成是白色地離奇著。

尤其是那高科技感全白電梯間裡的一個電視螢幕，不仔細看，像一張掛畫，在金屬框裡。

但仔細看，是一朵香水百合的花的變色變貌。

那螢幕顏色很繁複絢麗，近距離拍的白花瓣不斷變色，而且被故意調成很怪很豔很人工的顏色。

正像太空艙看出太空的窗口，有一種很奇特的互補……窗外的風景越光怪陸離地華麗鮮豔，就越顯得窗內艙身的素白越是蒼白。

一開始只是個玩笑，E竟然當真了。

「3P很刺激的！」她一直要求我去找另一個女生，「我們以前只用寫的，只在紐約，那太遙遠太不夠認真，我們找另一個台北真實的A來！」我看著她，覺得她在開玩笑，但說了好多次之後，我越來越覺得她可能是認真的。

甚至她說「我們找一個職業的也可以。」

我說「這樣不好吧！」

我想到A，另一個我因工作認識不久的女生。也沒想到後來在旅館裡E竟然發現A是她在「天堂」裡就認識但從未見過的人。

去吃晚餐前，我和E還持續地寫簡訊給A，鬧她：

「毛巾熱了，其他裝備也熱了！」

我們只是希望讓她能在充滿色情的暗示裡頭，進行所有的過程的發生，但如何能仍然從容一點呢？E和我也不清楚。

「先一起吃飯再說吧？就算沒去也沒關係。」我在電話裡對A說。

後來，就去一家叫「人間」而且開很晚的餐廳。

那一頓飯吃了很愉快，我叫了很多菜，為了客氣，也為了讓氣氛和樂一點，我們聊得還算開心，我一直擔心她們會怕生，或兩人談得不投機，但過程都還好……

「離開『人間』，我們會死還是會上太空了？」E笑著對A說。

check in的時候，他們早餐券給了三張。離開後，我們坐進電梯，我對她們說「那些櫃台人員一定一直在偷偷背後說話。」她們兩人都露出開心的表情，好像在進行一種祕密。

「你是不是很有面子，帶了兩個女的來開房間。」她們看著我說。

進房之後，只剩下我們了，但，三個人突然有點不好意思，我只好說了些招呼的話，「離開『人間』，我們還是上太空吧！」E和A都淺淺地笑著對我說：「好冷。」

我只好分心並用心地介紹也有著高科技感全白的這房間，介紹裡頭三面落地窗的洗手間，同樣很白很素的房間與傢俱，很有設計感，也是近乎超現實地極端地白……完全不像在台北。

我並介紹那布拉格來的手工肥皂和很多有意思的衛浴用品，但這只是為了熱絡點，為了讓大家覺得不太陌生……地招呼彼此。

「放熱水是你的工作！」A突然對我說。

熱水放好了，A泡浴缸時，E在捲大麻菸，我走過去，想幫忙在浴室的她，但卻不知如何才好，後來我只能保持微笑……開始輕輕地幫A按摩了起來，她脫下了浴袍，大方地裸著身體走進浴缸。輕輕地親她時，我有點心虛說：「有點霧氣的時候看出窗外的風景更迷離更好看。」

我按摩她的肩時，她泡在水裡有一會兒了，顯得比較舒緩點，但仍然有著半擔心的眼神……

我一邊安慰她的擔心，一邊努力不要太明顯地看著她的肉體的迷人……

「女王你饒了我們吧！」A突然半笑半認真地說出來，因為A很擔心，而且我們也都不知E接下去會發生什麼。

「怕她等我們睡著時拿刀把我們都殺了！」A對我說：「她不會以為我們兩人之前就有染吧！」

然後我也就跑出來，跪在E前，也跟著再說了一遍：「女王饒命！」

E正坐在椅上把菸草從紙捲中拿出來，再把大麻放進去，好像滿熟練地一如在電影裡才看得到的那種人的……她，帶著平淡的微笑，對著跪著的我們說：「你們怎麼了。」

吸K了，E把K準備好了，就給A。

A一吸之後，露出微笑，說著：「你們也要趕上……」

我其實是最慢的一個，那時候，我才從淋浴間出來，還在擦身體，才發現E已經讓A吸了K，突然才發現我連喘口氣的時間都沒有了，她們已經開始進入了另一個階段，所以我也只好跟著吸了……

後來就因此抱緊了在床上的A，開始親吻她的脖子、她的胸部，甚至往下到了陰唇……但整個過程，我卻一直轉頭過去看E，看她的身軀的虛弱，在不遠處端詳著我們。

「好冷！」A說，就拉起床單來蓋在身上，我緩緩靠過去先舔吻她的肩和耳後，但突然我從上面把她壓著，從她背後插入，她的陰唇……

E也走進來了，我們第一次纏在一起，E也躲進床單裡，我不知如何是好，只好趴在床尾親她們兩人的腳趾，親了一會兒，才發現她們已經互相親吻起來，而且很親密地貼在一起，我不知道她們是不是開心的，但我也不知道我自己是不是開心。

其實這很忙亂的過程，我是很不安的，從開始吃晚餐的時候，所有發生的事都太快太出乎我意料了……我不知如何去面對，也不知如何反應。

但我留意到當我開始用力地抽送E時，A在旁也激烈地手淫了起來。

邊抽送的我偷偷跟E說。

E說：「真的嗎？我都沒看到。」

「你叫得好大聲，自顧不暇地呻吟著。」我笑著說。

A對我說，其實，一開始在來旅館的計程車裡，她就突然有一種感覺，而且這種感覺越來越強。

E說：「什麼感覺？」

A說：「我也不清楚。」

我有點緊張，但不知道要怎麼安撫A的不安。

但E卻開玩笑地對A說：「不要因為我穿著長的風衣，就覺得裡面，會是穿很可怕的東西，像穿很少像比基尼或性感內衣之類的……」

A說：「不會是綁滿繩索的，甚至陰部已插入假陰莖之類的行頭吧……」

E說：「哇，好色情！」

「下次一定要試試這樣的！」E對我說，「其實從吃飯到後來散步到旅館前更明顯了，我真的像一個妖怪叫你去找人來吃。」

「或像有部日本SM電影裡，那個家教的爸爸誘騙女家教去旅館見另一個叫他是主人的自稱為奴隸的情婦。」E對A說。

「但誰是誰還不一定的。」A說。

「對！你不要只想成：A是女家教，你是爸爸，我是情婦，」E對我笑著說：「那不一定的，比較可能的是，角色對調了。其實，我才是主人爸爸，A是情婦，你是女家教奴隸。我和A一直凌虐你，用一枝香水百合花變貌的按摩棒插入你的肛門。」E說。

「我們特別為你挑的那按摩棒頭的觸角很小很多，顏色也很繁複絢麗，近距離看的白花瓣形龜頭不斷變色，而且被故意調成很人工顏色的很怪很豔。」E邊看著A邊笑著：「你要叫他呻吟得淫蕩點！」然後轉過頭低聲對我說：

「你聽話，我們會好好地從後面幹你！」

第二天

早上三點多就醒了，四點起來竟來沒有太大的困難，而且四點半進禪堂到六點半才出來接著……坐十幾個小時一天。

早上打坐比昨天好多了，不知是因爲精神比較好，還是比較熟練，還是比較睡得好一點……

一直還在想「調息」他們說的調呼吸這件事到底是一個主旨，還是，只是一個reminder。

也仍在想手上未完成的公司的事，或還會想起案子裡更遠的事。

但更多的時間，我一直在更多的恍惚裡，一再地回到那蒼白一如太空船的旅館，回到和E和A一起去「上太空」的那一個晚上3P的瘋狂裡，回到他們老是戲稱著要用人工陰莖幫我肛交的調笑，一如所有的妄念，一直揮之不去。

一直到小腳趾縫的癢變得很尖銳，調坐姿離開墊子碰到地上的冰冷……很小的「感覺」都變成是巨大地難以承擔，才回過神來。

妄念太緊之外，也在想衣服太緊這件事，Prada這件外套在義大利買的，本來是很自豪或開心的行頭。在這裡，穿起來「貼」地太好看的衣服，反而變得很惹眼地「緊」，而且更太不可能穿十幾個小時來打坐的……

「不能寫」這件事使我很困擾，之前來過的那一個朋友說，她有看到人在「偷寫」，但我反而一直在想「寫」這件事對我而言爲什麼那麼迫切，尤其在這裡我更想寫，更想違規，想得更多……

一開始在調整那種團體生活的我的反應的容易緊張，與另一種過去教會學校當兵過程留下的陰影。

而且我也發現我對於這種放棄物質講究而一直把生活每個細節調節在最低的態度是很遠了……

才發現自己不就用這種所有東西都「比較好」「比較有點什麼不一樣」的名牌的品味的奢侈，來挽救或說服自己的「太煩」「太苦」而「太緊張」的日子……或許是有「品質」有

「講究」的代價那種值得……但是不是反而變得更虛榮地更緊張。

但這裡旁邊就是農家，就是鄉下，就是山裡，就是離這些生活的物質的細節「講究」最遠的地方……

穿衣服這件事一直困擾我。

穿Y3的運動褲，Armani的長卡其色T恤，和Prada的外套兩三天了。

應該要忘記這些名牌、忘記這些奢侈品味的妄念的。今早決定換一件完全沒牌子的紅短毛線背心和T恤。

一直在想有沒可能十天都穿同一件衣服，不用想「穿」這件事那種境界。

那件外套有點緊……打坐時要把拉鍊打開……「緊」和「不放鬆」在這裡是違規的。

但，我已經喜歡「緊」的衣服好一陣子了，仔細想一想，過日子也是……

中午的飯很難吃，但我開始還盛了很多飯，直覺反應。而且晚上只有水果和綠豆湯，怕等一下會不夠吃的那種恐懼……

我怎麼會變這樣。

一直會想到這種「基本教義派」式的生活作息，正好是耶路撒冷祕密宗教或阿拉伯恐怖分子的某種藍本。

伙食可說是不難吃的，但其實簡陋到某種境界。雖然我也並不太在意。通常只有一個菜

（白菜炒些小東西），只有米粉和粥，只有水果，只有全麥吐司麵包（雖然可以抹上芝麻醬和另一種醬）。

還有簡陋地更奇怪的：百吉牌衛生紙、海龍王洗碗精，還有更多這種怪牌子的日常用品在廚房、在到處……都有的很「台」的怪產品。

中間下課休息，會很想回床上睡。

也發現好多人也是，而且是一倒就開始打呼，他們也是累得可怕。

到池塘旁的草坪空地走一圈，是唯一的運動……

但看在這裡的我們，就好像看池裡的魚。

規定不能餵魚也好怪……

有一個走路頭一直低低的人很惹眼。

他是我在車上就遇到的，他一直向法師陳情希望被當新生看待，不知道爲什麼……

有幾個人是「舊生」，這個字眼在這裡是什麼意思我很不清楚，但看他們在打坐時是很深很穩……

他們來好久了或修行的道行很深了……我在一直沒辦法坐穩坐久的老腳痠老分心時會想到他們。

肩膀還是很緊，有些事還是很拘謹。例如早上倒掉一點稀飯，吃不完，但猶豫了很久。例如前晚男眾部櫃子空了只好逾矩走到女眾部拿毛毯。例如留下來聽法師回答其他人的問題，但想問而一直問不出口。

例如我仍然一直想睡……仍然有一些因爲從小時候以來跟一群人在一起過生活的規矩的怕犯規而緊張著。

一直在想過午不食是怎麼可能，四點起來就有可能，四點半到六點半，八點到九點，九點到十一點，已經做了三個大段的禪堂打坐的功課……到中午已經是很久以後的事……而晚上又九點就睡……

舊生們晚上不能進食。只能喝茶，還不能加糖。

在想禁忌的事，那五戒：殺生、淫、偷、誑言……是用什麼樣的戒律在進行……這裡男女眾生活完全分開，其實不是關鍵。我守得住。而且禁語這件事，對我而言更好。可以更不用分心於和身旁的人保持禮貌地應對。而專注於自己。

「借我一枝湯匙」「想睡覺」「疼痛呢」是我這兩天唯一講過的三句話，後兩句還是問法師有關打坐得很困難時想了好久才問的兩個問題。

昨晚一直想拿手機起來看，後來還是沒有拿。

我到底在乎什麼……好奇怪……

法師只叫我們在乎「呼吸」，而且是「觀察」而已……

但我一直分心於在乎很多很多的事啊、人啊……一如E或A或更多被我取一個英文字母代號的做過愛的人的令我迷亂，是怎麼回事，在紐約在台北在耶路撒冷的這幾年的遭遇死亡的恐慌，是怎麼回事，和更多更多人在更多更多地方的淫念的蔓延……是怎麼回事。

一如法師常說的殘念，我的對自己殘念般的人生只能一如在這裡完全「不能動」式地無奈，既是「殘餘的揮之不去」，也是「可惜的無法挽回」。

我的對E的又愛又怕畢竟是殘念，其實，不只是E，我的對淫的又愛又怕是殘念，我的對死的又愛又怕也是殘念。

上太空（參）

我一直很緊張。因為想同時照顧兩個女人，又大概一直不順。我的陰莖竟就軟掉了，好像是性無能的男人或一個必須承認自己不稱職的牛郎，但在3P這種本來不是應該挑情地更激烈的氣息裡如此，不免顯得更為奇怪……

其實我那時還不知道自己如此心虛的。

剛開始不久，我還曾在房間裡的窗戶旁邊努力把A壓在窗邊，打開兩胯，舔她的陰唇……因為我看到她浴袍打開了……美麗的陰毛露了出來，她沒有遮掩，也沒有誇示……只是安靜地坐在那裡，大概K正在發作，她的恍惚顯得更為動人……但我的陰莖仍然硬不太起來。

更後來，我讓A坐上來，讓陰唇坐到我的好不容易有點勃起的陰莖上面，她的腰一會兒就快速而很有力地抽送了起來，好可怕，我想起來，剛剛吃東西時，她說過她曾經是跳過舞的，但不知道她肉體竟是如此地淫而有力，我躺在那裡。覺得很亢奮，但也很吃驚，一邊擔心勃起不夠硬一邊不知道之後會發生什麼事，我顯得好無力地被擺佈。

但在她的抽送中，我突然摸到一隻手，捏了一下卻發現是E的，她還躺在我的旁邊，身體也靠著A和我，但因為太靠近也因為還有被子遮住，就更分不清楚是誰的手或是眼或吻到誰或吻到那個部位，就這樣抽送了一下，A亢奮而用力了好久，就來了，她流了好多汗到我身上，就不能動了。

「我在幫A手淫，不要動。」E說。

那時候，我正想把陰莖慢慢地拿出來，但E說：「不要。」她要我再抽送在A的陰唇裡的我的陰莖，而且也抓住她的手，讓她不能動，一面還用手揉她的仍露在外的陰蒂。這種姿勢看起來，竟好像我們兩個人在強暴A，使她無法抵抗。

果然，場面因此變得有點緊張，但，卻也更色情了起來，A變得更為亢奮而大聲地呻吟……

又過了好一會兒，我倒在旁邊休息時，E拉開A的雙腿舔她的陰唇，有一瞬間我竟有點嫉妒，當E把A舔得很亢奮時，我心裡閃過某個奇怪的念頭。

「她們會不會變成愛人。」

本來，不是應該E會懷疑我為什麼會找A來，懷疑我和A之間是不是有些什麼她不知道的曖昧。

但這些念頭很快又閃過而消失了。

另外有一段是E在舔她的陰唇，我在舔她的乳房，但A的呻吟是因為誰而來的，並不清楚，也不可能清楚，何況現場我們的肉體都糾纏在一起……好像黏在一起一樣，所有的汗和淫液流了出來，在彼此的皮膚上流動著，彷彿失重了。我似乎可以聞到某種近乎瘋狂的氣味。這時，我想到一開始E說的「上太空」般地封閉，想到我們可能正困在外太空的某實驗室的密室般地混亂，所有的感官都被同時地在壓扁的時空中扭曲著，但也由於這氣味的瘋狂，所有肉體的那麼真實交歡都竟變得有點虛幻。

又過了好一會兒，我們抱在一起，吻在一起，舔在一起，越來越亂，但我卻又無法勃起了，不知因為累，還是因為K。

我求E舔我的陰莖，雖然有點幫助而再硬起來了，但還是勃起地很有限，而且我越覺得心虛反而就更困難。就只好笑著對她們說：

「兩位娘娘恕罪……小的真的沒有用。」

E抱著我的臀，一邊幫我手淫，一邊又吻我……

後來A也幫我口交，她用舌頭舔我的龜頭，和仍然軟弱的陰莖，我一直找不到好的姿勢，讓三個人可以比較從容，一直好忙，她們很窩心而且也彼此摸著對方的身體，我實在覺得很抱歉……

「我現在已經在五十樓。」A說。

「我現在只在三樓了。」我說。

A說她的K已經在退了，但我還很昏，我老是在乎些不重要的事……

A的肉體是較有力量的，較豐滿的身材……而E是那種較瘦較虛弱的骨感，我漸漸在黑暗中，在種種失重之中，感覺到兩人的肉體的差別，但，其實一混亂還是分不太清楚的。

在更後來的抽送中，我越來越恍惚，因為性交的還是因為K始終沒有退的亢奮與混亂，已無法分辨了。甚至，恍神之中，有些更虛妄的一如幻覺令我驚悸不已的情景……逐漸地發生，但卻又那麼逼真地襲來。一開始，我還只是好像摸到汗濕的一隻手，不是E的，也不是A的，而是另一種更怪異的肌膚的手臂手腕，甚至仔細廝磨後還發現其末端有著突起的吸盤密布，有的末端吸盤還彷彿貪婪地吮食起我的手指，而因此長條狀手臂竟腫脹變成一團半透明半白的肉身。不久的後來，更摸到了更多隻彎曲而扭動的長條觸手越來越長，它們慢慢地糾纏我的腰側與大腿之間並彎繞而接近我的肛門與陰莖，一如妖獸般地滴著黏稠狀唾液一邊侵入我一邊吞沒我，但最奇怪的，卻是我沒有痛苦也沒有抵抗，而且在越來越喘也越來越不清醒的感覺中覺得好有意思，雖然，全身的肉體都好像被緊緊吸吮，被多條觸手所咬噬，而我也只剩下的頭與口仍然頑強地抵抗蠕動。但竟是同時強烈地感到越來越激動而亢奮。

我並不清楚那觸手是E還是A的變身，還是她們也只是被侵入的，和我一樣，被這慘白房間長出來的怪物半透明的白肉身所吞吮，在汗水與淫水滿溢的潮濕的白床單前，我們在某一瞬間，彷彿竟已全然地失控，已分不清我們的肉體交纏，是因為浪漫性愛的淫佚交歡，還是（一如箭烏賊般）可怕爭鬥式的殘酷廝殺……

就像被漁人把所有觸手全都砍斷了的偌大箭烏賊的強韌，生死交關的肉體，雖然仍是霧白而柔軟，但卻依然四處竄動，也依然糾結不安。

但又恍然一回神，她們也都還仍只是躺在我的旁邊，我的身體也靠著A和E，只是，因為太靠近也因為還有被子遮住，就更分不清楚是誰的手或是眼或吻到誰或吻到哪個部位，就這樣抽送了一下，A亢奮而用力了好久，就來了，她流了好多汗到我身上，就不能動了。

其實最開始的時候。注意到E在看我和A擁抱時，我心情是有點怪，但她坐在暗處，我看不清楚，但始終覺得我和A的所有動作的親密都是她在看的，我因為怕她傷心，就覺得有點心虛，其實後來我和E做愛時，我也怕A會在旁看了不愉快。

雖然到了後來就不太管了，但，我在越來越混亂但也火熱的場景中，卻仍一直感覺得到自己的拘謹或顧忌……

「一般在3P中，男人不是應該很享受嗎？」

這疑問在我心中一直閃現，但也一直被我自己懷疑。

當我更後來一手幫E手淫，另一邊卻抽送著A的陰唇時，所有畫面變得很像色情電影的那麼色情時，但，我卻一直覺得角度不太對，而不太流暢。

她們發現了，也同時開始因同情而愛撫起我。有一段是，A在旁幫我手淫，對著我的耳邊說：「你幹女王給我看。」另一段，則是E也一邊舔我的乳頭一邊在我耳邊說：「我們一起來吃她。」

但，我心裡知道，在冥冥中的她們是狂野的想吞沒我的，一如我方才所感應到的妖獸般地侵入我的糾纏，她們彎繞進我的腰側與大腿之間，在越來越喘也越來越不清醒的感覺中，卻仍然感到越來越激動而亢奮。雖然，全身的肉體都好像被緊緊吸吮，被多條觸手所咬噬，而我也已無法再頑強地抵抗蠕動。

我的陰莖又軟下來了。

第三天

第三天比第二天應該有重大突破吧，主要是由於第一天晚上開示講的「觀息」這件事，其實一直對在我來前別人提到說「這裡十天不能說話」的苦是完全不在意，這對我而言，這「不能說話」是種「休息」，但令我比較困擾的是，我對內觀，對打坐，對禪修是完全陌生……

致使已經跟著進禪堂打坐打了十多個小時甚至兩天了……自己還是只覺得一直在昏睡而已。

法師說：用「觀察呼吸」來連接身與心，只是觀察，只是用觀察呼吸來趕走妄念（過去和未來的妄念），只是感覺現在，而且不用口訣、咒語或名號……

他花了很多時間來解釋別的禪修門派會在觀息時要學生唸其法師名號之事，而他們不會……我因而想到，只用呼吸與觀息作爲打坐的一個參考點，而不太恭敬地陷入教條地愚弄信徒，這種法門，其實眞的是高明的……這是我那朋友推薦我這個多疑而不信教的人來這裡的原因。但到了這裡之後，我其實反而只比較在乎他說的呼吸的自主與不自主的更小更微妙的練習。

或只是更專注地面對妄念。

對我而言，妄念是一些老閃過的人與麻煩，是心中老想著來之前沒做完的事，是這段日子以來的和E的淫亂，是一些好久沒想起來的以前的過不去，還有……就是夢，「上太空」

以後一直好多好雜的夢。尤其是常會一再夢見的那上太空時恍惚中看見的糾纏我的肛門與陰莖更多隻長條觸手的彎曲而扭動，它們在夢裡越來越長，繼續一如妖獸般地滴著黏稠狀唾液，而且竟一邊侵入禪堂一邊吞沒不能動的我和旁邊的人們。

我始終覺得不安。

因爲，在妄念中的那些觸手很清楚，看得出來是E也是A的變身，她們變成是侵入的母體。而且，雖然她們是針對我來的，卻因而連累其他禪修的人。

昨晚下大雨，很大很大……

禪堂裡仍然燈很小，人很整齊坐著很專注……很「莊嚴」。

我還留意到很多人留下來問問題時法師的回答，他顯得很自在也很輕鬆，回答的得體。

法師說：「妄念，貪睡與疼痛是入門者最容易有的問題，但也不要太在意……」

「太在意會導致緊張」這句話使我很受用，就好很多……我其實就是一直太在意自己會昏昏沉沉，所以到現在，反而因無法改善而更緊張。

「十天之內不能離開」這件事，好像開刀開一半，我其實並不在乎，昨天下午一直想走，因爲還是完全弄不清來這裡做什麼……

剛來時他們說：「要嚴格限制行動的範圍，十天內不能離開禪院的結界。」這使我嚇了一跳，「結界」那字眼不是出現在太誇張的日本妖怪電影、小說或卡通裡才有的字……

雖然，有些人顯得很緊張，有些人看起來就有病，有些人問些很笨的問題，但法師都很有耐心的回答著……

我不喜歡那個事務長，他總是太嚴格。他要我問完問題就離開，但，我好想聽別人的問題……

甚至，我連睡在我旁邊的人到三天後才看清楚他是誰，也不曾說話過問候過……

有一個事務長令我討厭，另一個卻幫我很多……當然，因爲我沒收椅子，我睡了不該睡的時間，站了不該站的地方，待了不該停留的場合……

我也因此想到我在當公司總監時的令人討厭的部分。

有一個鐘聲的來源的那一塊金屬，用木棍打會傳出很沉的聲音，所有的時間作息都是從那裡開始。

庭中有一棵漂亮的樹，有幾顆漂亮的石頭……半遮的蘭花網看過去，女眾住的比較像個房子，她們也有三、四倍的人，穿得比較講究，有些散步散到比較遠比較接近男眾界的，還有頭髮很短像T的知識分子……

這個中心其實還在很原始的狀態，讓我想起以色列的人民公社，想起某些民間小佛寺的草堂或部隊或工地做工事臨時搭建的工寮……但，我們住的也眞的是工寮……

我並不是太吃驚，這裡本來就是如此，是越住越久……看得越仔細才想到這十多年來我努力做廣告走向設計、走向藝術、走向更多更遠的美學的講究與找尋，相對於這裡，什麼都不是……但我也知道爲何如此……我不怪他們，但我事實上還沒準備好來面對這些或「重新」面對這些。

在想更多自己「不開心」的問題，吃不好吃的午飯時想的，我並不喜歡這裡，因爲簡陋，因爲紀律，因爲我並不認同他們的用力認眞而犧牲至此的更背後的信念。但我來這裡是爲了別的，所以也不應該怪罪於某些這裡的狀態……例如：我最多的時間是在一個工寮裡聽別人打鼾而睡不好，睡榻榻米與睡袋與粗毛毯而蚊子很多，木板牆很薄，房間上面沒隔間而更吵，洗澡時間很短而水不熱，上廁所要排隊，吃東西要想辦法才吃得到……這些都是我從小至今四十年來最不想被管而最需要被照顧的部分，但這裡又重來一次那種「紀律」的提醒，所以不免令我不開心。

雨停了，突然變得好冷，早上打坐，變得不太能專心，已經沒前兩天緊張了，但仍然不太進入狀況，一直用「觀息」在抵抗還是一直想的事……「案子」的「公司」的……

我的一直在乎於很多很多的分心讓我做了一件蠢事，連被原諒的過程都很蠢。

晚上吃完飯，「想走」的情緒已經變得很明顯，因爲打坐一直沒有進展，很灰心。而且聽手機留言聽到LV的人要趕CF的事，要我想辦法回去。就一直在想怎麼處理的事……在進去聽開示前，跟事務長編了一個理由，想了好久，我想了他們最難拒絕的一個說法是：「母親病危」……但說了之後，卻一直內心忐忑不安，本來還只是想說身體不舒服、肩痛、腰痛之類的……

但是，後來的發展更為荒謬。今天晚上開示結束後，我被找去師父禪房裡跟他細談，他問我為何說謊，因為他翻資料簿，上頭是第一天填資料時我所寫著的父母是皆已去世……我看了，只覺心中一涼。

也只好認錯，但我心中所一直納悶而覺得奇怪的，並不是「說謊」這件事，反而是為什麼我會犯這種「謊言被拆穿」的錯，很蠢。

我為什麼會在資料上寫父母的事，我又為什麼會以此為藉口……而一點都沒發現，過去幾年，我不是所有事就靠這種絕不會被拆穿地說謊的高明，在公司在業務上來應對進退，但，怎麼會在這裡用這麼笨的方式被拆穿！

師父顯得很客氣也很體諒，我更不好意思，他說「不要灰心，來這裡前兩天的人都會分心，都會病痛……你的專業你的學歷比別人高，應該更有耐心更有能力……你看那些年紀很大的歐巴桑。」

「從來沒有坐那麼久，心事都浮起來。」師父說：「過去和未來，高興和不高興的事都放下，只留意一吸一呼之間的『現在』……」

「不要給自己壓力太大，只要接受『現在』就是這樣。」

現在就是這樣……說謊而且不會圓謊地說，一直坐也不知道在坐什麼，越想越氣餒，但，弄成這樣之後，就更走不掉了，昨夜還在別人的繼續打呼中想著「攜械逃亡」之類的事的一走了之。

就這樣，連澡也不想洗，牙也不想刷，臉也不想洗地，就睡了……

現在就只能是這樣了……

上太空（肆）

E吐了，倒在馬桶邊，我覺得不忍，雖然她安慰我說：「只是因為剛剛太好吃而吃太飽了，又吸K吸太快……」後來，她也更昏到說不出話來了，只是抱著馬桶白色的側面弧線……

「看不到邊……」她說：「這馬桶這樣看好大喔！」

我拿了一條白毛巾，讓她的臉可以靠在磁磚的邊緣上……我擔心她身體不舒服，更擔心她心情不好……

「你們先進去，讓我在這裡坐一下。」E說。

剛開始的時候，E蹲在洗手間，沒辦法出來，因為剛才的嘔吐而虛弱著，我只好先從洗手間走出來。

後來，我和A先進去了的時候，我一直擔心E會在裡面不開心或甚至哭起來……幸好，過一會兒，E也出來了，只是坐在沙發上，全身無力地……

「我想看你們做愛。」E說，她靠在那白沙發上，顯得很虛弱，她才剛從洗手間走出來，才嘔吐過，而且還在K裡頭，我不知如何是好，但也不知如何拒絕。

在床上把A兩腿舉過肩時，才發現她的腰好軟，身體是很奇特的，有舞者式的柔軟，這使我好亢奮，甚至亢奮到捨不得太快將陰莖插入，或甚至想只是插入而不那麼快抽送，只是感覺著她的柔軟。

後來，我一時心急，也在窗邊把A舉起成所謂火車便當式的在腰間位置的抽送。而且因為太暗，就看不到E，更後來，才想到那正是我和E最常做愛的姿勢，我就停住了。

好可怕，我想E一定看到了，她一定會有一種很裡頭的麻煩與傷心……

但她仍好像沒事，只是繼續全身無力地……坐在沙發上，繼續一種很奇怪的微笑。

又過了一會兒，我跟A進去洗了一下，我在淋浴間又抱著她吻了好一會兒，但卻也一邊吻一邊擔心E在床上會多心……就匆匆走了出來。

但出來之前，又看到了那E吐了的白馬桶，我彷彿一直有一種吸K吸太快而始終還沒清醒的幻覺……好像看到E仍坐在那裡，而且還抱著馬桶白色的側面弧線……

但更仔細一看，那昏倒說不出話來的E竟被她所抱著慘白的怪物所吞沒了。

那是白色馬桶變成而好大的看不到邊的怪物……那馬桶的側面弧線竟逐漸扭曲變成一如那一朵電梯螢幕裡香水百合花放大的變色變貌的怪物。

更後來，E的嘔吐物也竟變成百合花怪物的花蕊般絢麗。花瓣也不斷地一如長條狀手臂腫脹變成一團半透明半白的肉身。E的頭被那馬桶洞口花蕊長成的也如妖獸般地滴著黏稠狀唾液侵入而吞沒。蔓延長成的也如箭烏賊觸手彎曲而扭動的更多隻長條白色花瓣越來越長，也慢慢地糾纏E的腰側與大腿之間彎繞進她的肛門與陰唇，甚至那都好像被緊緊吸吮，E的肉體被多條花瓣插入全身耳鼻孔洞而舉起在半空中。但E也沒有痛苦也沒有抵抗，甚至仍然微笑而安詳。

在更後來的有一段時候，我們三個人一邊泡著浴缸熱水一邊又吸了一團K，全然地失控肉體交纏交歡，但卻霧氣四處竄動，也依然糾結不安。

心中感到奇怪的我也仍然不很清醒，只看到被這慘白馬桶長出來的花形怪物半透明的白肉身所吞吮只剩下的E的頭仍然有點蠕動。我並不清楚那觸手是只想吞噬E，還是也想繼續吞噬我和A，還是，我們都在更早的某一瞬間，就已被可怕而殘酷的侵入太空艙裡的怪物所吞沒，只是我們沒有發現。

浴室的霧氣依然是白而柔軟，所以待了更久以後，就更分不清白色的怪物是馬桶，還是浴缸所長出來的。但兩邊都是慘白的洞口，也都在霧中又長成妖獸口腔般的蔓延，甚至都長出吐出如更多的白色長條唾液彎曲而扭動，而且沿著每個角落越來越長，越滴著黏稠狀，準備吞沒不小心侵入而逃不出去的我們，整個房間都淪陷了，就像是妖獸布下的蛛網般下咒的結界，對，就是結界。

第四天（壹）

第四天了，天色剛亮的早上聽錄音帶印度文梵唱時，竟聽到軍號聲。想到昨天下午，在考慮要不要走時，也和在草地散步時聽到旁邊軍營降旗的聲音有關。國旗歌裡依然唱著「山川壯麗，物產豐隆……」一如過去。但，我眼前只仍然是一個農作物和竹籬笆環繞的「結界」……

我的進步是我可以站在路旁看著地上看很久了。不再太容易分心。早上很冷又很吵，側門打開沒關，一道風一直灌進來，有工程車在施工，而且陽光很強，而且大概因爲雨停了，天氣太好，而鳥一直叫……才因此感覺到禪堂所維持住的那種較暗淡的氣息，事實上是與外面保持距離的……

師父依慣例叫了七、八個新生到他面前談話，今天早上這次有我。我有點緊張，「你上唇三角地帶有什麼感覺？」我說：「我說不出來。」他說：「冷、暖、癢、腫……都算。」我還是沒說……

其實我想說的是：「我一直在流鼻涕，鼻涕算嗎？」

我已經把全身的衣服都穿上了，兩件長T恤，一件毛背心，一件外套，還是一直打噴嚏……

仔細看師父的眼神時，就一直想笑，他眼睛很大，額頭很突出，又有點朝天鼻……長成一副有點喜劇演員的臉，但他卻一直很認眞也很慈悲……而且我還犯錯，在一種撒了蠢謊被揭穿被原諒竟還想持續逃走的狀態。只好裝乖一點了。

但看著他，我還是有點想笑。

早上，結果沒有休息……談完話我又回去坐，大概就這樣坐了三小時，反正我已想開了，師父說，不要太要求自己過高，學著接受自己的現在這只是這樣……

所以我就打瞌睡之外，一直打噴嚏了一早上，「呼吸」中沒有實相，只有鼻涕……而我也漸漸變得不再太在乎了。

就因爲這樣，所以也漸漸覺得好像可能可以留下來了……

中午睡得很慘很死之後，下午第一堂打坐有了重大的突破。開始眞的比較知道如何「觀息」，那是一種「用呼吸來提引所有注意力到不會被別的什麼所分心」的狀態，和前幾天法師說的一樣。但爲什麼我前幾天就是沒辦法到達這種狀態，是因爲太累、太煩、太不習慣如此……還是，就因爲修行的不行。

我的領悟，和法師說的不同的是，「突破後還是會回到突破前的狀態」，而且是一不小心就又分心了。這種「觀息」是一種專心，一種決心，一種無限拉長時間的承諾，而不是只依賴技巧的打坐。

看到第三天告示牌上寫著「轉化」。

轉化口業、行業……

其實「業」字都寫出來了，但我還是不懂……或懂在很表面的狀態……我知道。

因爲，至少我也一直還在想公司要我親自和LV那邊直接談的事，要不要打電話回去，也一直還在想如果去做LV那新的CF要做什麼……也在想公司要求用和LV談判之類所考慮的業務業績，打坐時還是會轉頻道過來想的這些「業」……

「內觀」要十天是爲什麼？「內觀」這件事練習的條件是什麼？我看著來的人都是和我差不多年紀或更老的人，他們十天都待在這裡，也是要安排很久的，法師提醒我這個：「所有的事，十天之後再去處理就好了。」

有關不穿華麗的衣服，不睡華麗的床，不吃華麗的食物，甚至過午就不食（晚餐只有水果和綠豆湯……今天剩米漿了）是他們的要求，我連把家裡的那個藝術家手繪彩色陶碗放在大家在餐廳外的放鋼杯的桌上都覺得很尷尬……因爲太招搖了。

也想到以前在耶路撒冷每天會聽希伯來文或阿拉伯文梵唱部分的迷離，在這裡的禪堂，每天也會從錄音中聽到不清楚的英文的傳教說法，一直重覆而有點囉嗦，但是有說服力的那種聲音，加上會有法師說印度文的梵唱……只是一種內分泌，沒什麼道理可言，就更神祕而模糊……

在這裡每次打坐結束大家還要跟著很慢地唸 sa，sa，sa 三次好長的感謝聲，這些都奇怪地好有意思……

我印象最深的卻是錄音中有時有咳嗽聲或旁人走過的聲音。整個場景，整個肅穆很像外星人來傳的某種我們低等生物聽不懂的語言與法門，而透過很曲折的方式與儀式來傳下……

也想到我這幾年ONS的淫亂到混亂的遭遇，和E一起永無止境做愛的日子的種種荒唐，想到在那個威尼斯的「性博物館」裡的怪誕……那些「性」的「邪惡」遺產的眞正高明，我應該如何想，還是應該就只是感覺，一如賀爾蒙……只是一種內分泌，沒什麼道理可言，不要再認眞地否定或修正或懷疑什麼。這種認眞地發問起的：「『勃起』到底是什麼？」「我們所無法抗拒的這些性衝動的衝動是爲了更深的什麼？」「等待延遲、隱藏或被曲解……的必然引人苦惱但又無法託付給未來的『色情感』是什麼？」「『勃起』爲何如此荒謬，因爲它終究像一隻隻長著很多不知名突起肉瘤的動物，不知道爲何肉身突兀古怪但卻又認爲自己無比地絢爛華麗？」有時想起來，還眞的很可笑。

這些一如感覺賀爾蒙的可笑的想，是妄念，還是殘念。

上太空（伍）

不知道是誰碰到了開關，燈突然亮了，但後來又關掉了。

燈開了，突然不一樣，有那麼一瞬間，好像整個太空船是凍住的，而我們漂流在失重狀態，注視著彼此……但，那卻因太真實而不真實了起來。在白光裡頭，我們的肌膚竟也失去了血色，變得慘白，變得像曝光過度的照片裡失焦的身影，整個肉體彷彿被吸入了那超現實光暈的虛幻裡，旋而消失。

但事實上，那時候，我和E兩人正用力舔起A，她舔起陰毛，我舔入乳房……但兩人相看卻像極了我們是兩隻睜眼的野獸在分噬一隻躺下的獵物。

「別吃太快，吃掉了就沒有了。」已閉眼呻吟起來的A突然對我們說。

「像Discovery頻道的。」E對我說。

「像兩隻野獸把一隻像鹿、犀牛那種生物，咬牠肉、吃牠內臟……」

「撕裂……」E同時比劃出一種可愛的模仿動物的動作，好像只是假裝地要吃掉對方的暗示，但我看著呻吟中的A，卻一直覺得她很享受在其中似的，但我也並不確定我看到的。因為我不知道誰是野獸，誰是被害的動物，在三個人的更裡頭的相互吞噬的關係到底是什麼。

我不知道為什麼我們要用這種方式來描述我們三個人，但或許也沒有方式來做比較好的比喻，其實只是我太害羞或害怕，而反而用做作的說法來掩飾自己。

有一根床上的長頭髮……我看了好久，才發現。但並不清楚是誰的，而且我仍還在昏睡狀態的朦朧中，但我想起我曾依稀聽到E問A說，你淋浴時要不要夾子夾頭髮……她們好像有些我不曾預料到的默契……

之前我跟E說起3P這件事是有情緒的，我提到我聽過一個朋友說到她也有過的3P的經驗。

她說到她去有一個男的sex pal的家，那是一個很文藝氣息的客廳，在他家，很多書，她在那裡抽菸……他的女友胸部很大，後來他幫她口交時，女友就突然起身，說「你們好好玩。」就走了……那女友就去泡澡了也沒有回來，她感覺得到這其中是有情緒的，甚至是會必然造成傷害的。她說做愛前她對他要求「換她抽送的時候要換保險套」時，那時他就軟掉了……

我心裡知道也擔心著，真的3P畢竟是充滿情感上的張力的。

但，為了調節這種3P所充滿情感上的張力，我還是假裝我像童子般在拜兩個菩薩。因為，更後來，我們都沒力氣地躺在床上休息，我突然說：「大格格與小格格，」並跪下來對她們兩個人說。「小的進宮時裝的那話兒不好用，請兩位格格原諒。」

但她們兩個卻只是笑，並沒有說什麼。我覺得很好玩也很好笑，至少她們比較不再緊張一如開始，但那是因為K，還是因為我的笑話並不清楚。

那時候，她們都已躺在被窩裡……我不知如何同時地「伺候」起兩個人，那是那麼不同的情緒，總之，心情變不一樣了，我突然從A片式那種男主角享齊人之福的得意，變成了只是個奴才式的不堪。

「幫我把小的閹了！」

我對著她們半開玩笑地說，有著更多的自我解嘲與對她們的近乎阿諛的熱愛在進行，這種太監的方式說話對我們三個人而言，竟變成是種特殊效果的可愛……

又過了一會兒，我靦腆地假裝啜泣地對她們說，「讓傷心的我來問候兩位格格吧！」其實她們不知道有沒有聽到，因為，她們正專注地舌吻著對方。

那時，我有點開始暈，但卻是在要去開燈時才發現，我從床上站起來，自己卻走不穩，晃來晃去而且完全看不清楚燈的位置，更不記得那燈的開法，但我還是逞了強地、而且顯得很貼心式地走過去，但……越走越覺得不對……僅僅是讓自己站穩都很困難了，更何況是找燈……

走了幾步，只覺得燈越來越亮，我眼睛都張不開了，整個房間都好白好亮，回頭看床上，發現A消失了，我閃過一個念頭，是不是A所害怕的女王E等我一轉身時真的就拿刀把她都殺了，而且還棄了屍，在有點霧氣的時候的更迷離之中，我一急，就跌倒了。

但跌的速度好緩好緩，像電影中慢動作的特效，而且，倒在也是雪白的地毯上時，我仍看得到浴室的蒸氣像霧般地從門縫飄過來，我的臉貼在毛毛的白茫茫地面，一點也動彈不得，往前看去，突然看到E都變得很小，在霧中走著走著，我想叫她，問她A去哪裡了，但卻發不出聲音，就在我好不容易咳出了一點聲響，E才回頭，但她卻已變得很老了。她看了我很久很久，又回頭繼續往窗邊走去，好像不太認得出我。

再看向床上時，我只看到某個女體，但並不確定那是不是A，但我卻看得到她的脖子、她的胸部、她的臂、她的腿甚至往下到了陰唇……但，卻都是被切成一塊一塊地分離，雖然彼此肉身散落開，卻沒有血跡。更奇怪的是，所有的肉體的軀塊都是白的，在白床單上，像華麗的劇場場景，但尺度都很大，人體曲線遠遠看去都像積雪的山巒，一重接一重。

彷彿一團團變成半透明的巨大白肉身，隨即在一團團白霧湧來，那箭烏賊般的生物出現了，在空中。

因此畫面上雷同的肉體逃離的過程就更離奇！應該像在海中湧出一團如血般的霧般地並沒有噴出紅色的汁液。只有一朵朵雲從我頭上緩緩地飄了過去。

這時候，我才發現我自己卻竟也變得很小，而且也很老了。就在我恍神之間，E突然轉頭回過來看我。她的身軀仍然虛弱，但卻慢慢回頭走向我，拉我的手，說：

「你怎麼了？我們一起回去吧！」

但我卻只能坐在彷彿下了很久的雪的白花花的地上，一動也不能動，就在不知所措地發呆時，突然不知不覺低聲地啜泣了起來。

第四天（貳）

第四天早晨的天氣特別好。

在草坪的空地繞行走了好幾圈，聽到蟲叫，鳥叫，所有自然的聲音都好清晰，然後當然又聽到軍營的軍號聲。

軍號聲外，今天又聽到好像有別的地方在唸佛誦經……令我很驚嚇……這種台灣山裡，除了農夫，眞的到處都是野部隊與怪宗教……一如我們。

所有房子的設備都是在最拮据的狀態，管路走法，接水接電的方法，搭圍籬……種種。

我曾是眞的這樣想的……這是一種值得尊敬的自願貧窮的態度，爲了苦修的或禁慾的……更進步的或更遠更龐大的奧義……

但這必須要更多眞的「更遠更龐大的奧義」來說服我，不只是眼前的儀式或課程或禮節或規矩……

我看不到「生活刻意要拮据」更難更終極的遠方，那種的「更遠更龐大的奧義的值得」。

但，或許是我還沒準備好。

下午三點多，師父所預告的，第四天下午課程開示是最重要的……不同於前三天只是一再一再重覆說專注於呼吸……

第四天教「內觀」，以前三天的「觀息」爲基礎……然後開始「觀」頭頂、觀臉、觀胸、觀手、觀腿，觀了好久……左右各一次……於是，我終於下最後的決定放棄了……

本來還覺得「觀息」這種以注意鼻息來打坐安靜是個法門，可練習，也値得練習來連接「身」與「心」……但我的問題是：要觀息是要全神貫注的，要沒有旁騖而精神夠好地深入……

如此練了三天幾十個小時，反而只讓我更累更不容易專注……弄到後來，是混在打盹或在想另外的事……只爲了和別人走進那禪堂的肅穆趕上進度……有禮貌守規矩……

其實第二天至今天之間，我一直在等待更多更後面「更遠更龐大的奧義」的出現，昨晚開示講到今天很重要使我有點期待，便不太在乎其中夾雜創辦這裡「內觀」方法的主人的神通……太過玄太過冗長的種種。

但到了下午，我耐心聽完兩個小時最重要的「內觀」求解脫的法門竟然只是如此地淺，只是「找尋終極解脫」說法的太過尋常，只是『戒』『定』而後『修』那種只強調照程序來做就可以做好的交代」或「佛陀感人故事一如科學家泡沫箱理論」式的太過無稽。

花了這麼多天，所等的可能再深再遠的基本教義的精奧，就只是這種太「白蓮教」級的說法的尋常，這使我完全失望了。

也因爲這幾天我已眞的全身都痛了，老傷都出來……肩、腰、背……雖然都不嚴重，但最重要的是……守戒律，竟是爲了一個我不相信的一點也不可能有「更遠更龐大的基礎奧義」

的信仰。

那時我坐在「男寮」走廊，看著曬衣架、池塘與枯樹……一直想拿筆記來寫又怕被他們看到……

我竟害怕讓他們以爲我「身心健康」到一直在寫，以爲我「算計許久」而違規偷寫這麼多這麼久的日記……

就這樣，我在蚊子飛來飛去燈管走廊下的死白（這種白和「上太空」的白是完全不同的），越來越絕望，坐在小椅子上也越來越冷……

看出遠方沒燈的很暗很暗的田野、果園、兵營的遠方……其實這裡所謂的邊界只是潦草搭起的鐵網與籬笆……

這就是他們宣稱的「結界」……

這裡的「結界」是如此簡陋的。沒有我「上太空」時恍惚中看到的妖獸下咒的幻覺白色洞口深處的布滿迷霧的迷離。沒有日本卡通妖怪電影那種火焰或光環的華麗炫目，甚至沒有高聳嚴密看守的高牆或巨石圈……更沒有艱難工事或滿布通電設施或神祕機關的可怕。

所謂「結界」，在這裡，只是我的疲憊，我的等候，我的客氣，我從小養成的禮貌。我對人生的過度期待。我對「修行」的等待被啓蒙被拯救的迷信。我突然想到紐約的恐怖，也突然想到台北的不安，想到威尼斯的假面狂歡節的迷幻，更突然想到耶路撒冷的更遠的我也遇過烽火的失措，對「淫」對「死」對「活著」這件事只剩下的殘念，只剩下不再期待想望的恐慌……那才是我眞正的「結界」。

我甚至不好意思寫東西了……在這種時候……只是看著遠方的黑暗，更覺得越來越冷。

所有人都快出來了，八點半，最後一堂打坐九點就寢……我本來也是他們的一部分，不准說話的安靜的他們……

我整理行李，放進花彩的陶杯和其他在這裡生活幾天零碎的東西……收拾了所有的「我的牽掛」。然後離開。

我在那工寮的沒有光線中等著，這是我五天以來在裡頭一直被蚊子和打呼聲攻擊的地方，是鐵皮工寮一個榻榻米，三個人一間，半隔間……非常簡陋，但我常在課堂與課堂之間，一靠去就睡死過去，有一回還被糾正叫醒……

後來甚至不洗澡了，一回來就一直睡，最後三天連衣服都沒換，睡前也不刷牙洗臉了，鬍子五天沒刮，像死囚……不知道爲什麼打坐這麼累，累到回房就一直睡，其實打坐時我也在打盹……

我甚至在打盹中還彷彿老看到了之前那電視靈異節目畫面裡的沒有頭沒人認領的幾千具

屍體，也像是在這種山裡怨死的，頭都面向地下，好像亡靈都被困住了，和也被困在結界裡的我們一樣，在這草坪空地的荒涼中一起散步，雖然他們和我們也走得很近也很緩慢，但大家卻沒說什麼，好像很自然，也沒有什麼更驚嚇更不好的事發生。

更遠方一點，還看見在有點霧氣的時候的更迷離之中，仍看得到毛毛的草坪變得白茫茫的地面，還看到上太空時看到的床頭女體那個一團團變巨大變半透明的蒼白肉身，看得到她的脖子、她的胸部、她的臂、她的腿甚至往下到了陰唇……被切成一塊一塊地分離，雖然彼此肉身散落開，也依然沒有血跡。所有遠遠看去的肉體的軀塊因爲都是白的，仍然像華麗的劇場場景，但尺度都更大了，人體曲線遠遠看去都像霧中的山巒，一重接一重。

在打盹前，其實我不是沒想過就半夜逃走的，但總覺得那不是個好辦法，甚至就在那法師開示叫我等的那兩個小時，我也一直在那樣想……

「我當過公司主管，當過部隊値星官，帶過兵，我知道怎麼談判的……」對還有點想拖時間叫我再留一晚的黃袍師父，我說：「但關鍵不是談判……而是，我本來就不相信來世，也不相信解脫，我來這裡，只求心裡能安靜下來……但現在身體變得不行了，我好痛，想走了……」我假裝抱著左腹部，動作遲緩。

當然我並沒有當場講出「找不到更遠更龐大的基礎奧義」的那些我的眞實的絕望，我留了餘地。

「我希望下次我身體好一點我再來，我還沒準備好。」對於法師和老事務長我客氣地這麼說……我看著法師那還極力「笑著」的臉，和極力要回道場主持下一場打坐的著急……「法師，我能說的清楚這麼多我的困難，你應該知道我是不會再留下來的，我是說：我眞的在痛，痛也不會停……」我也急了。越說越激動：「這裡沒有柵欄也不是監獄，我要走有何困難……我多留兩天只是因爲我的『誠意』。」

他最後點點頭，揮揮手。「你可以走了。想通了再回來。」

謝事務長是最後一個印象，他送我上計程車，向我揮手，要我下回再來，我覺得虧欠他，他把我當自己兒子，體會我的難過，但他不知道我的「痛」是騙人的，或許他也知道……只是他假裝不知道就讓我走了。

我在計程車裡向後看，他消失在黑暗中，和那整個禪修中心，整個「結界」……都不見了。

就這樣過了四天，想清楚「所等待的再深再遠的基本教義的精奧」的不可能。

但，或許，是我的「業」太重，救不回來了。

就用了一個太淺的我謊言的妄言，和用了另一個太深的我殘念的妄念……我逃出了「結界」。

上太空（陸）

坐在依然蒼白的旅館廁所裡的馬桶上很久很久，很睏又很恍惚，我看著上頭的那一盞很小的燈，有一種很奇特的不真實的感覺……但她們呢？半躺在床上的兩個人好像正都睡了過去……她們都在想什麼，或什麼都沒想。

這時候，我彷佛又回到幻覺中地坐在下了很久的雪的白花花的地上，這次卻只有我自己一個人繼續不知所措地發呆，變得很老了的我，在一團團白霧湧來，一團團變成半透明的巨大白肉身像仍然一重接一重地出現在空中華麗的劇場場景中，想著：「我們真的能一起從太空回去嗎？」

就這樣，在我仍然恍神之間，我突然開始懷疑起為什麼我想冒險的淫到底是什麼？為什麼我會老勃起、為什麼我會老想要做愛……但在3P裡卻反而不行了呢？

近來我也常有過某些類似的更令人害怕的困境，例如我半夜很累又睡不著時，一向用看A片手淫來解決，用射精以後的疲倦來入睡……但有幾回，一直沒辦法射，搞到天亮了。在那精疲力竭仍無法入睡的極度恐慌時，我曾經有一種念頭閃過：

「如果有一天我失去了性慾呢？」

如果性慾作為我人生所有困頓的最後退路，作為那麼直接而原始純肉體的脫逃，終於也失效……那我怎麼辦。

「我突然發現了我被一種我無法想像的身世的黑暗所包圍。」即使我曾在耶路撒冷，有過差點死掉的遭遇，但我卻沒想過可以這樣地比死掉更黑暗的困境，而且這種困境可以這麼直接、誠實……而簡單，但完全無法脫逃。

「我媽自殺過，我大姊自殺過，我二姊自殺過，我也自殺過了。雖然沒死，後來我卻得了憂鬱症。」E安慰我，「但也沒那麼絕望吧，至少我們現在還在一起，還可以上太空。」

「你帶我一起去看醫生吧！拿一些抗憂鬱症的藥來吃吃看。」我說。

「你真的相信那有用嗎？」E說。

「我也不知道。」我對著她那天真而憔悴的臉說……

我說了也只是更心虛，其實，我在心裡已然決定要放棄「我能救她」的這種想法，因為，我甚至救不了我自己。

3P是兩人做愛時很脆弱的那種關係的三重關聯，變得更脆弱……上太空，只是讓我們看得更清楚我們的心虛。

「尤其，我不知道你會怎樣。」我說。

「我有些部分是太空人，但有些部分真的不是，我沒辦法。」E說。

「我只是沒辦法忍受我不能再祕密地跟你說些什麼！」E說「我怕你愛上了A。我也怕你愛上了我。」

「但，我真的最怕的是，」E的神情更為索然：「我愛上了你！」

我於是又想起，剛進旅館房間不久，E跟我和A所說過的那「性」PK的線上遊戲。

在那太空船般蒼白的旅館床上，她邊捲大麻還邊說起她的源於那威尼斯「性博物館」那種獵奇與天堂二戰鬥一樣激烈的「色情」版本。

而我現在才真正想起E兩年前所說破關的完整畫面：那些玩家們，會在那個威尼斯聖馬可廣場的假面藝術節一起出現，作為那線上遊戲最後一關的PK賽。

E說，陷入險境的衝關者很多很多，有來自不同的國家表演不同的特技的性變態、穿著性感內衣的女人、全裸的某種怪異遙遠的妓女、中世紀祕密宗教性儀式的女巫首領、可以要求人們吻彼此任何一個部位的魔鬼、精通數十種古怪性姿勢的印度瑜伽老人、日本江戶時代吉原「遊廓」的湯女、浮世繪「船饅頭」的私娼、常常互相借用打聽人造陰莖的古希臘時代婦女、弗羅拉神殿裡露胸部及半透明的薄紗衣裙娼妓……

所有以聖馬可廣場為「結界」而不能離開的他們都戴起假面，開始以自己獨鬥的性祕技攻擊彼此，那會變成一場看起來像大屠殺的廝殺也又像雜交性愛宴會的大場面現場，玩家會越來越分不清他們是在做愛還是在戰鬥。

只有撐到最後的人才能離開這個「結界」。但沒有玩家有絕對的把握。最後的破關畫面：那正是在獅子柱上帶翅石獅身的仍然威風，與鐘塔寧靜的高聳之中，在大運河開始扭曲變形背景的繁星閃爍的夜空下，在聖馬可廣場「結界」重新搭起的弗羅拉神殿裡，那幾百名妓女用拖繩拉著的一把巨大的花束，花束上面戴著一個龐大而豎挺的陽具，她們把它安放在神廟內，就在一個陰户的仿製物圓形劇場的舞台上舉行表演，當巨大花束陰莖和弗羅拉的陰户，進行規模巨大的撞擊與抽送時，兩者是如此龐大華麗且爭妍鬥豔著。

撐到最後的玩家一邊做愛一邊戰鬥，一如一邊激烈廝殺一邊激烈雜交，撐到最後的這關，就是從進行規模巨大的交媾的仿製陰户的「結界」圓形劇場舞台上離開的，所有戴著假面的亡靈們盤踞在旁跳著歡樂地很色情的舞而且唱歌、歡呼。而最後的玩家的肉體就在那繁星閃爍夜空與巨大鮮豔花束中，完全變形而扭曲，終至溶解，甚至喜極而泣。

然後，消失。

附錄

性愛地獄變

——駱以軍與顏忠賢的對話

1老天使鬼魂……倒走昆德拉的色情鐘面……承載「倒轉的世界末日圖景」的意志

駱以軍（以下簡稱「駱」）：就我所知，這小說原本有一跨度更大的世界背景，「耶路撒冷—台北—紐約（911）」，除了性的特寫（如集中在現在這本中完成的），還有一個巨大的、神話學的、類似大江健三郎的「倒轉的樹」、「燃燒的樹」那樣末世恐懼、大屠殺陰影、垂翼大天使眼瞼下方的悲傷、大爆炸（大江主要以核爆爲地獄場景，後來在卜洛克的《小城》，現代惡之華成了塌陷成粉末並混了死者骨灰的，消失的世貿大樓）……一些後現代慾力在不同身世的流動城市裡找尋「借屍還魂」之宿主的現代版唐吉訶德——現代漫遊者成了穿著昂貴名牌在神廟廢墟、威尼斯聖馬可廣場或紐約○○區流淚的無主鬼魂。

是的，最讓我（作爲你的同世代以小說爲叩問忍術的友伴）震撼哀慟的是，在這新的故事裡，老天使成為鬼魂了。像宮崎駿《魔法公主》裡那被中魔豬神的邪祟咒詛附身的少年。確實那蒼蠅王（現在的版本應是大蛇丸的血印？或是《烙印勇士》的地獄印記？）的詛咒已透過華服、巍峨建築、高速運轉的大量電影閱讀記憶檔，蘇珊桑塔格所謂的「從影視媒體中感受的他人痛苦」：戰爭、災疫、海嘯、恐怖分子執行處決人質……種種種種，既在場又缺席，既眞實存在卻其實醃泡在無數他人的夢境，像 **D.M. Thomas** 的《白色旅店》這一切已附著、緊黏在我們靈魂的底層。主要是，「這樣的小說家不可能快樂了」（大江語），這裡我要向你這樣的「夜闇之渡」，這樣的一次書寫表達我的敬意和妒羨。

終於，我們這一輩的小說家眞正有人完成了一幅地獄變，羅生門（不是後來被誤用的眞相之歧義，而是芥川原著的，那幅畫師終於將發狂的自己畫入其中的眾鬼圖）。

後來先以「台北」這部分出版截流而出，我想即使是極熟悉你的讀者，也很難不放入情色小說的脈絡閱讀。如同你在中時部落格刊載曾引起的反應。我想那些衛道者的激烈反應或也在你最初的朦朧預設中吧？

確實因為遷就以「一本小說」的形貌面世，摘去了「耶路撒冷」及「紐約」前後部分，這一本劇本意外顯得集中，操控性強，像變形金剛具備強大的承載「倒轉的世界末日圖景」的意志，讓人詫異作者何以沒有在書寫中途即崩潰、瘋掉、尖叫、哭喊或系統斷電……而能將之完成。

當然展演的是一幅「性愛地獄變」。暗室中化身成統一稱謂「E」的無數個變貌女體，讓人嘆爲觀止的性愛近身肉搏特寫，昆德拉性愛集郵冊後面的「詩意領域」——或恰好相反，如你小說中人物所說：「《2046》中梁朝偉的良心早在《花樣年華》中用掉了。」——詩意的空轉。即使在密室裡，即使探索鑽進最深邃潮濕的女陰或菊花，即使吸了K或淫亂3P，那個密境已無從進入了。

很怪，它是一座倒走的時鐘，昆德拉《不朽》中有一章藉肉體之詩講「生命的鐘面」：神祕的主題。他的情色刻度依序是「沉默的運動員時期→詩意隱喻時期→淫詞穢語時期→阿拉伯人電話遊戲時期→神祕時期」。到了最後階段，老去的唐璜意識到那個私密的、只有兩人相依相纏綣的幻念徹底消失。但我有一感覺，也許並不精準，我覺得這本小說的你，是倒走昆德拉的色情鐘面。你是老天使嘛，好像穿著僧袍帶著聖湯瑪斯的神學教義，倒著走，嗚咽著鑽進那些充滿精液和女人下體氣味的城市 hotel。

顏忠賢（以下簡稱「顏」）：聽你說這些因這小說而聯想到的「夜闇之渡」，使我也想到好多書，但卻是更早以前看過的，像早年歌德的《浮士德》、赫塞的《荒野之狼》、卡夫卡的《蛻變》，或是你提到的更晚我們一起看的《火影忍者》，這些故事裡都提及那種極度封閉的自我召喚與自我轉變，而且也都必須爲某種更深層的修煉而改變所以才必須進入的「夜闇之渡」。但在這小說中的主角那「我」雖也如同蛻變成抽象的蟲、抽象的狼、抽象的尾獸進入了更孤絕更內化的邪惡過程，但他卻不那麼自覺，心裡也不覺得那麼糟，而且甚至往往會在遭遇中引動未曾擁有過的愉悅，那種呈顯了惡德榮光與覺醒並進而發現自身原有封印住「原力」的愉悅……雖然不免也有必然的衝突與掙扎所帶來的苦難。

這種「夜闇之渡」的愉悅與苦難，即使是目前某些好萊塢電影所往往拍出的有點虎頭蛇尾的史詩（波赫士語），也都一再提及。像《哈利波特》或《駭客任務》甚至《星際大戰》的絕地武士……在修煉過程所皆不免進入與種種源於自己內心巨大「黑暗」的角力。這種「必然的衝突與掙扎」不免是這個時代的顯學式的修煉。

而且，我所想到的你所提及的老天使變成的鬼魂，應該不只是「借屍還魂」某些通俗恐怖片的……那種魅影的怨念或仇恨，卻比較是吉本芭娜娜式的某種藉以「療傷」的可能與暗示……也可能是更古老的「聊齋」裡某種老道士或法師同情冤死的亡靈女鬼而破戒引渡所引來吉凶未卜故事裡更詩意的曲折。或，就像《神隱少女》或《魔法公主》裡遇到的「神」、「鬼」都可能善惡不明地難纏，而且是在「夜闇之渡」中遭遇彼此、等待彼此的救贖中才能困頓地挽回修煉……

或許，你說的某個程度上也沒錯，老天使已死了，也已變成鬼魂，這本書的確是完全放棄了《老天使俱樂部》的單純而單薄的懷舊，而像「大天使直接變身成惡魔」式地投入極度的惡：性愛、嗑藥、妖魅……種種極度敗德的試探。

那其實是一種《慾望之翼》或是《攻殼機動隊》式的躍下。

所以，小說裡「極度敗德的試探」部分的章節在中時部落格發表時所引起的擁護與攻擊兩方近乎打群架式的激烈反應，對我而言，其實還不算太激烈吧！因爲，我所在這本書裡所動用的「情色」並不比那些更世故的作者更自覺地操作並挑釁當時的社會與衛道者的行情，像惹內、D.H.勞倫斯、白先勇、亨利米勒、薩德、村上龍、阿莫多瓦、大衛林區……

但，我卻也因此想到，在那時候的中時部落格所引起波折的，反而是在書中所動員的「性愛地獄變」所觸怒的保守團塊，原來在台灣的現在，這小說還那麼尖銳地而激進地冒犯到這些「基本教義派的異性戀」、「即使沮喪仍堅守道貌岸然路線的中年菁英男子」、「正義感道德感都太過敏的母親」、「不容不倫或不規矩的中產階級」、「反線上遊戲如當年反共那般恐懼的家長」……的團塊。

但我並不在乎這種冒犯及其必然的風波。我比較在乎的，反而是這書較深沉的另一部分：如何以對「性愛」的恐懼連接到之後對「世界末日的覺醒」的恐懼。

這本書之後關於另外兩場景兩城市兩部曲式的「延伸」當然是更大的，也的確有著你說「倒轉世界末日圖景」的意志那種暗示在裡頭，另外在你提到的跨度更大的涉及神話學式的面對恐怖分子的恐怖，那也是這書三城三部之另外二個城市（關於耶路撒冷、紐約部分）的核心，所有所謂末世恐懼、大屠殺陰影和最後更繁複困頓的世貿大樓的消失……種種幅員更巨大的焦慮都已完成了。本來三部的字數已到近三十萬字，但還是決定以「台北」部先出書（即使我覺得這三部之間成書的邊界是應該消失的）。

那是我因擔任駐市藝術家二〇〇一年長住耶路撒冷、二〇〇二年到二〇〇三年長住紐約一段時日而不免引發的某種焦慮，或說是，深入恐怖分子原鄉與前線太久所累積的更深的悲傷與同情，某種程度而言，更甚至是，我這十多年來對於自己涉入也陷入「夜闇之渡」的這個世界種種恐懼的總和及總結。

但這本書集中在「台北」是爲了將這種暗示災難的哀傷與沉重先變「輕」。

如同卡爾維諾在《下一輪太平盛世的備忘錄》的第一講所謂的「輕」，以殺蛇髮女妖米杜莎需避開其眼神令人石化魔法的典故，提到用小說的輕盈來抵抗沉重，抵抗他說到「過去文學著重於寫他所處的時代，嘗試去認同那些和本世紀歷史的、個人的，以及依附的無情動力……但世界的沉重、遲滯、晦暗……一開始便黏在寫作上。」的那種沉重。這是我寫這本書最內在的困難，也是我寫老天使以來所一直無法脫逃的困難。

但，這本書中找到了一個支撐點的輕盈，那就是「性愛」，因爲「性愛」而使得「對死亡的恐懼」、「對末世的悲傷」、「對災難的陰影」的沉重，有了你所說的以「性愛」來「借屍還魂」（那些黏在寫作上歷史的個人的以及依附的無情動力），而重新與其面對，可以折射、可以對決，至少是可以開始移動了的抵抗。

在「天堂」在「禪修」裡的幻念中的情色，或在3P在ONS在口交在肛交……種種非幻念中的情色，都可以折射出這種台北式的「輕」或這種面對地獄變式的「虛無」，那也正是想試探你提到某種米蘭昆德拉式的動用肉體來非難古典 sublime 主題，那種撐起「生命難以承受的輕」式或用色情鐘面敘事進程來嘲弄「不朽」掙脫「不朽」的可笑……的高明。

其實，我本來沒有那麼貪心，只是想更「谷崎潤一郎」一點，更「貝托路奇」一點地，就是再無力點地浸泡在那種陰影般揮之不去淫念的神祕……來偷渡這些沉重……

偷渡某些我們在戒嚴時代成長的沉重，早年有點左派有點知識分子有點文藝青年那種我們那年代長大養成的自以為的沉重……一種描寫自己身處的時代的集體面對歷史的沉重、遲滯、晦暗在態度上的無力……其實很單薄。

那是「老天使俱樂部」當年的困境。

2 少年愛紀念碑……老男孩……天堂二

駱：火燒十八王公廟那場，讓我想到塔可夫斯基的《犧牲》，或你在另一篇章裡描寫到婚禮上的火把劍。之後卻在「E的天堂筆記」裡漫漶恍神寫這些城市棄兒們如此友愛認眞地「裝備羅馬劍」。

就這個部分來說，你的這一篇篇《繁花聖母》的肉體詩篇（或淫亂懺情錄？）的後面，有一「少年」的主題。如《犧牲》裡突然施暴的男孩，杜斯妥也夫斯基的《少年》，《火影忍者》，你曾推薦我看的電影《你他媽的也是》……

打天堂二的後面，各有代號的玩家，他們在眞實介面各有身分、職業：高雄理髮店的設計師、無所事事的宅男、寂寞的上班族、高職畢業生。「A」也成為其中玩家（玩天堂二只是她用來打發時間找人聊天的遊戲，沒有要變強變更厲害的目標）。他們在這種網路「團體打怪獸」的變身（發光的、單薄、美麗的、無法在眞實時空存活的戰士身分）裡支離破碎地完成「啓蒙」：學習友愛、犧牲、慷慨、不要被壞人騙（騙去法寶）。他們是遊戲情節上方的傀儡操縱者，眞實的青春卻比他們手下絲繩操縱的角色們要孱弱易碎。

我發現你的色情烏托邦的國會大廈紀念碑石上其實刻的是「少年愛」這幾個字。並不是戀童這回事。而是少年品質在衰老、繁華壞盡、權力場、以性證空、修補宇宙黑洞之挫敗感……你好像無能直寫「愛情」或「家族故事」，反而必須在一種可捏扁又彈回的「男孩玩具室」裡的塑膠玩具、小兵、太陽系九大行星掛飾、變形金剛裡，琢磨出「少年」僞扮進入成人城市最時髦、前衛、乖異的場所。因爲是少年，所以他在每一冒險時刻（這本書裡當然是以性行爲測知時光定義的元素半衰期），保持有敏感至歇斯底里的好奇、易受驚嚇、想對人好（女人在此成爲大人），一種裝腔作勢的貴族氣味……那讓我想起《阿莫的卡布奇諾年代》或去年讀到的一本法國小說，韋勒貝克寫的《一座島嶼的可能性》。

譬如相米愼二的電影《颱風俱樂部》，在那間密室裡，因颱風來襲而被成人疏忽遺忘的教室，所有的惘惘的威脅，所有的一二三木頭人式的靜峙互相觀察，所有的失控、怨念、即興暴力，或《蒼蠅王》式的原始部落，野蠻至失去人形的狀態，都可能出現。

你的色情修羅場裡，似乎那個「我」，是個失去同伴，永遠得孤獨流浪的落單少年，他得在時光之河裡獨自老去，變成「老男孩」。我們或對這樣密室中的三人（或更多）關係著迷，你透過性（或非如此不可，又如此則無能）使這對峙的兩人、三人動了起來。肉體到最後才液態纏繞繾綣；一開始全是少年式的觀察，像照說明書裝精緻模型，像驚弓之鳥，像密謀燒掉金閣的口吃少年……

顏：我還真的沒辦法直寫「愛情」或「家族故事」，沒辦法寫這些太「大人」的主題……哈！我總覺得正如你所說的，真有意思，我看待這些主題都太「孩子氣」太像一個無法長大的……「少年」。

但，當你說到「老男孩」，我反而更想到的卻是《阿基拉》裡那些老了的超能力兒童們，他們被放入那高樓實驗室的驚人地巨大的古怪玩具間，用另一種更怪異的方式來介入「成人」：介入高科技、靈修、政客、叛軍，那種極端恐怖加注的「成人」式對決，但骨子裡卻仍然是「少年」的，華麗而狂亂到近乎失控的，那種「老男孩」。並不是塔可夫斯基不是杜斯妥也夫斯基……的較冷較詩意的版本。其實，我倒覺得你說的以「男孩玩具室」折射世界魔幻恩仇的完美例子是莎士比亞的《暴風雨》，那裡頭的魔術師就是一個完美的「老男孩」。

而且，我覺得你的小說裡也有這種宿命，或說這種焦慮……但你在小說裡的關注已經從當年《降生十二星座》過人渣生活的浪蕩少年到《遠方》《我們》中變成「丈夫」變成「父親」那種「大人」，而我彷彿因為種種的真實與虛構的人生留住了一個沒辦法長大沒辦法承諾感情、承諾未來、承諾自己人生的「老男孩」的身分。

但另一方面，我想到的卻更是小說外的眞實世界的「大人」這件事，這十多年來我人生已經進入完全的扮演「大人」的狀態，當系主任、當策展人、當建築師、當教授、當多種類型創作競賽的評審或評論者、當耶路撒冷紐約駐市藝術家……捲入更多不得不的更世故的招架，捲入和「權勢」和「體制」抵抗的無窮無盡的「幻想自以爲可以反體制化」的纏鬥。

在這同時，我多眷戀昔日還可以撒野可以混亂的當「少年」的狀態，但那其實早就萎縮了或至少是傷痕累累……即使還沒完全消失，那「老男孩」也一定是在你所謂的「半衰期」裡繼續更快速地衰弱……

或說，在現實中，我和「大人」距離太近，所以沒辦法再以這種身分寫進小說裡，只好躲入一個沒有經過少年就直接進入中年的「我」來偷渡你說的「老男孩」式的亢奮……

另一個部分的原因，比較耐人尋味，我留住「老男孩」式的天眞或許也可以說是十多年在大學教書中我和學生的更近身肉搏式的親密，一方面像心智打胎盤素般的以《火影忍者》大蛇丸式換年輕肉體的幻術來修煉……另一方面則更是透過他們眞正少年的「心眼」來深入這些年來我們變成「大人」僵硬僵化後所看不到的這個時代的變化……

從《蒼蠅王》到《海灘》到《大逃殺》，眞的，我們這種還沉迷在那慘淡「戒嚴」時代、長大在蒼白「現代主義」文學中浸泡的老「少年」……被他們控訴了我們自己所不曾經歷的更快速更激進更 Kuso 但也更「顯學」式的新「少年」經驗……你說的《颱風俱樂部》

到了這時代的版本，變成《富江》變成《漂流教室》變成更多《妖獸學園》式的更爲極度變態又極度感傷的壞毀方式……甚至，更詭譎但更傷害的壞毀方式部分也同時在發生，一如我跟我的學生現在看「岩井俊二」看《你他媽的也是》，看《猜火車》，看《蘿拉快跑》那種這時代華麗的感傷……是遠多於當年我們少年時看的「大江健三郎」「卡夫卡」「沙特」的蒼白的壞毀。

這本書所動員的「天堂二」就是這種我所瞠乎其後的完全無法進入的（你說的）修羅場。因爲，對我而言，打線上遊戲這件事是非常神祕的，而且，從他們身上，我老看到我錯過的或未曾擁有的「理解世界」的方式的可怕活力，看到因之開發的另一種全新的全景式視野，因爲，我始終覺得線上遊戲擁有其自己巨大而完整的「理解世界」的方式及其封閉的象徵，他們擁有全新的以網路爲無線放射與集結的路徑，也因此而開發了全新的「語言」「核心價值」甚至是「死亡及其復活」的「輕盈」倫理。

這種線上遊戲式的「輕盈」，一如「性愛」，調節了這書裡「我」好像人生已到了動彈不得的現實傾軋……的挫敗感。這些既虛幻又眞實、既古代又現代、既肅殺又溫暖、既用功又貪玩的「態度」的「輕盈」，對我而言，是種全新的學習。他們的版本升級使得他們的「玩」一如量變到質變的激進發酵，都是他們反過來調教我的某種「理解世界」的全新可能。這絕對是新一代 upgrade 過的「少年」的開心開朗及其爆發力，和我仍然偷渡你說的那種「老男孩」的金閣寺和口吃少年的幽暗小說美學非常非常不同。

3 結界或曰場所——城市場景高畫素「部分」

駱：結界。或約場所。村上龍的《到處存在的場所，到處不存在的我》。

在這本書中，你調度四窮八荒各處洶湧意象以塞滿一具淫浪女體的暴力化詩意直令我歎服。白色的汽車旅館變成太空艙，禪修道具成爲靜止中召喚極淫心念的場所。孤獨旅館裡一台電視播放的 Discovery 陽光曝曬礫石地穴裏交尾的響尾蛇。那個生殖器（害怕不受喜歡，「我的陰莖又軟了」）變換成白色烏賊的瀕死恐懼。從一開始，性的進行中，主角始終對「部分」保持一種高度解析高畫質清晰顯微的科學凝視。女人用性器和「我」的身體銜接著，同乖異而古怪的不快樂身世，即從她們那發浪呻吟的喉嚨唇舌裡吐出……

在這同時，一些疲憊的，已經不能說是早衰的「衰」，一種像《銀翼殺手》裡那整座疊床架屋，如鐘孔岩壁又像哥德式大教堂的城市，全壓在那個「我」的身上。但他的陰莖卻天賦異稟地可以將性愛過程——換體位，女主角的呻吟，離神復回神——這種感官激爽的時間延緩得好長好長。

我覺得這小說裡，「我」涕泗滿面，一身疲憊帶著那根「持久之屌」在城市各汽車旅館漫遊冒險的感情，好像我牽著我的兒子們在城市其他場景流浪的畫面喔。「我」和「持久之屌」有點像《宿命論者雅克和他的主人》：主人如此犬儒感傷；屌僕卻深諳人情世故與尋歡之樂。那使得「插入」不再是少年色情小說的戲劇終點，反而像無情節的A片，像公路電影。這根「持久之屌」很像某種時間的道具（在這個小說裡）：像《2046》的配樂唱盤播放之唱針。像「我」的身體脫離了「我」的疲憊與哀傷，獨立「活著」在眾女潮濕之穴的悠漫時光，像王爾德童話〈打漁人和他的影子〉裡，那個被打漁人的魚刀割斷，孤獨離去的影子。

很怪，這眞的很怪。當「我」被這個分崩離析、城市裂鏡片段場景的世界，慢速而持續地傷害同時，「持久之屌」變成了如此無力、好奇，探究她置身當代諸女子幽黯身世與荒謬劇場般無意義台詞的一瞬性感：慈悲、輕忌妒、母性、靈界的神祕探險……不斷伸長，不斷掘深，又不斷充血歡心前進……

顏：我非常的過敏，關於你說的「場所」這主題。

尤其這十多年來，因爲除了小說中對於「場所」這主題我的向來的關心與小心之外，也由於我身處於另一種所謂不斷庸俗化的「空間」專業角色必然的不耐與焦慮（當建築系主任、室內設計師、裝置藝術家……種種），或是，更嚴重地是，由於近年來過多快速的所有創作類型有意無意地對「建築」對「城市」對「空間」作大量無效的象徵或隱喻卻仍然所向披靡那種可笑的氾濫……甚至，一如科幻電影、線上遊戲、卡通、漫畫……速食而胡亂拼裝式地只著重視覺、特殊效果式的美麗……的庸俗引用。

因此，我在這本書裡大多場景基本的假設卻是儘量封閉、儘量狹窄、儘量乾燥的，最後就近乎完全鎖在旅館的封閉房間裡（除了楔子〈假面〉拉到聖馬可廣場和一個性愛博物館，或尾聲〈結界〉拉到山中的禪修道場小屋）。所有和外面的聯繫，就只有窗口或電視，以及兩人的說話裡回憶裡故事發生的場景，就在這種無場景無景深的場所裡展開了小說裡的「地獄變」，那是我故意用這種「密室」化「房間」化的布景來形成類「殘酷劇場」式的極簡極貧瘠的「場所」的理由，在小說中的故事裡半非現實半超現實地鋪陳出某種反透視、去景深，也絕無特殊效果的「場所」。

使「台北」有「不在場」的證明……

但「台北」卻在電視在回憶在涉入的種種不明的「場所」暗示中出現，一如液體的流竄或滲透或醃泡，而可以從中折射某些更曖昧更混亂的關於「場所」的幽微。

另一個關於「場所」的有意思的折射想像角度，是你提到的這小說裡的「我」帶著他的「屌僕」，一如你帶著你的兒子們，或宿命者雅克帶著他的主人……在城市的冒險，我覺得這是很奇特的觀點，很厲害，但自己眞的沒想到，因爲，本來我想要在這書裡調度的，只是如《看不見的城市》中忽必烈與馬可波羅的純粹「密室對談」式關於城市的想像……更碎、更虛、更假、更空的調調……更自相矛盾而沒有收場的……而不是眞的「唐吉訶德」的歷險。

但我想你提的這種「公路電影」式的加入另一個人稱、另一個觀點、另一具衝突性的「攜件」漫遊，對我而言，卻是提醒了更重要的限制，某種我們個人諸多原生「身世」或「身分」的較不自覺容易陷入的介入「場所」的太慣用自信與技巧所因之發生的限制。過去這十多年來，我們所小心翼翼地而無法成功地避開，但，現在卻反而可以因爲那個「屌僕」的「伴」而重新體驗這個城市的可能，而且因書中的「性愛」所動員的扭曲，封閉，想像，罪惡感，似乎使我過去對城市對場所身段姿態的太理所當然，變成另一種的鬼鬼祟祟而忽正忽邪……但卻反而更切題地恍惚而曖昧。

使我們的公路電影從溫德斯式的冷清尖銳變成昆丁塔倫提諾加王家衛式的混亂美麗，從《銀翼殺手》變《駭客任務》加《追殺比爾》，從《巴黎．德州》變《東尼瀧谷》加《2046》。或許，也就是你所說的，從川端康成的《古都》變村上龍《到處存在的場所，到處不存在的我》的碎裂的重要，那種碎裂是更荒唐更變態卻更內在的轉變，但必然是更接近這個時代也接近我們面對「場所」的小心。

4 我這一代的故事——預知了這是本悲慘的淫書

在我仍然恍神之間，我突然開始懷疑起我想冒險的淫到底是什麼？

當然我並沒有當場說出「找不到更遠更龐大的基礎奧義」的那些我的眞實的絕望……

我在計程車裡向後看，他消失在黑暗中，和那整個禪修中心，整個「結界」都不見了。

駱：這些段落總讓我讀了大慟。其實在序章，「我」即以壞劫之身心，在性博物館性嘉年華性面具集體儀式的陌生之城裡預知了這是本悲慘的淫書，但做為讀者的我們仍無知地被豔異色幻的繁華敘事所惑，聽「我」娓娓從頭道來。

讀完之後我心裡想：這是我這一代的故事。無法逆轉，無從救贖，從不斷累聚的陰影往下望。亂倫最大的恐懼即是長出豬尾巴。而書寫—閱讀此咒術最大的懲罰即是有一颶風「正在」將我們置身其中的海市蜃樓捲入天空，化為腐粉。在某一意義上，「老天使」亂倫了，他姦淫了那幻造之境「天堂二」裡嗑藥少女們化身的救贖天使，這原該無此顫慄絕望，但我在閱讀時，常——羞愧地——那話兒也脹得好大。不是因為性，而是因為你後來終於摘掉的，耶路撒冷與紐約的部分，瀕死以及滅亡。

顏：我常在想你說的「我們這一代的故事」是什麼？也更因此而常想「我們這一代」到底是什麼？

尤其在知識上在創作上必須面對「下一代」（或上一代）的時候。

我常有一種感覺，這二十年來我們好像是實習醫師被找去處理絕症，好像是在網路時代來不及配備硬體就亂用軟體地邊當機邊上機，或就是像《火影忍者》裡，還沒修煉好忍術就必須去出任務面對比自己法力強大的敵人地戰鬥……其實，更可能是帶著《小丸子》和《南方四賤客》去打《七武士》或《末代武士》的那種不可能贏的戰爭。而更可悲的是，我們甚至不清楚那戰爭所一定要捍衛要救贖的……到底是（一定會令我們大慟的）什麼？

因此，你說的無法逆轉、無從救贖，對我而言，就是某種更深沉的自我放棄，也是更激進的自我找尋……那些曾經是很重要的更裡頭的東西。那些「我們這一代」在戒嚴時代浸泡、在現代主義養成因而變成蒼白貧血的「老男孩」們所失去的很重要的更裡頭的東西。在面對沒有發育的青春、性、愛、信仰的背叛與迷亂之前就快速老去的時候，一定會令我們大慟的東西……

書中的「我」亂的「倫」，因此，就不只是中年男人姦淫少女，老天使姦淫了救贖天使……所亂的「倫」還可能涉及更多對生命的不再傾信，對身世的不再眷戀，對奧義的不再著迷……到後來，和人的相關的更重要也更裡頭的「倫」就全亂了。

災難來了，我們卻放棄了掙扎，只是懷疑。

面臨瀕死以及滅亡，只是更激烈地淫亂，繼續依賴你說的地獄變式的性愛的慈悲與荒謬……絕望地活著。

INK PUBLISHING 文學叢書 179

殘念

作　　者　顏忠賢
總 編 輯　初安民
責任編輯　施淑清
封面設計　永真急制 Workshop
美術編輯　張薰芳
校　　對　施淑清　顏忠賢

發 行 人　張書銘
出　　版　INK 印刻出版有限公司
台北縣中和市中正路 800 號 13 樓之 3
電話：02-22281626
傳真：02-22281598
e-mail:ink.book@msa.hinet.net
網　　址　舒讀網 http://www.sudu.cc

法律顧問　漢廷法律事務所
劉大正律師
總 代 理　展智文化事業股份有限公司
電話：02-22533362・22535856
傳真：02-22518350
郵政劃撥　19000691 成陽出版股份有限公司
印　　刷　海王印刷事業股份有限公司

出版日期　2008 年 1 月　　初版
2008 年 1 月 11 日　初版二刷
ISBN　978-986-6873-47-8

定價　260 元

Copyright © 2008 by Chung-hsien Yan
Published by INK Publishing Co., Ltd.
All Rights Reserved
Printed in Taiwan

財團法人|國家文化藝術|基金會

國家圖書館出版品預行編目資料

殘念／顏忠賢著.
--初版.--台北縣中和市：INK 印刻，2008.1
面；　公分.--（文學叢書；179）
ISBN 978-986-6873-47-8（平裝）

857.7　　96021532

版權所有・翻印必究
本書如有破損、缺頁或裝訂錯誤，請寄回本社更換

INK INK INK INK INK INK
K INK INK INK INK INK INK
INK INK INK INK INK INK
K INK INK INK INK INK INK
INK INK INK INK INK INK
K INK INK INK INK INK INK
INK INK INK INK INK INK
K INK INK INK INK INK INK
INK INK INK INK INK INK
K INK INK INK INK INK INK
INK INK INK INK INK INK
K INK INK INK INK INK INK
INK INK INK INK INK INK
K INK INK INK INK INK INK
INK INK INK INK INK INK
K INK INK INK INK INK INK
INK INK INK INK INK INK
K INK INK INK INK INK INK
INK INK INK INK INK INK
K INK INK INK INK INK INK
INK INK INK INK INK INK
K INK INK INK INK INK INK
INK INK INK INK INK INK
K INK INK INK INK INK INK

INK INK INK INK INK INK IN
K INK INK INK INK INK INK
INK INK INK INK INK INK IN
K INK INK INK INK INK INK
INK INK INK INK INK INK IN
K INK INK INK INK INK INK
INK INK INK INK INK INK IN
K INK INK INK INK INK INK
INK INK INK INK INK INK IN
K INK INK INK INK INK INK
INK INK INK INK INK INK IN
K INK INK INK INK INK INK
INK INK INK INK INK INK IN
K INK INK INK INK INK INK
INK INK INK INK INK INK IN
K INK INK INK INK INK INK
INK INK INK INK INK INK IN
K INK INK INK INK INK INK
INK INK INK INK INK INK IN
K INK INK INK INK INK INK
INK INK INK INK INK INK IN
K INK INK INK INK INK INK
INK INK INK INK INK INK IN
K INK INK INK INK INK INK